文芸社セレクション

出《で》町《まち》柳《やなぎ》

森定 学

MORISADA Manabu

文芸社

目次

プロローグ

単身赴任も、関西勤務もはじめてであった。宮地恭《やすし》は、大阪に生まれ育ったが、大学を出て四つ葉銀行に就職して以来ずっと東京勤務が続き、すっかり関東人になっている。それだけに、何事にも難しい京都勤務に緊張していた。四十六歳になっていた。横浜の自宅には妻の美代子と大学生になる菜月を残している。

単身寮は叡山電鉄の一乗寺駅から詩仙堂に向かって五分ほど歩いた下り松《さが》の近くにあった。一乗寺下り松には、宮本武蔵が吉岡一門と決闘をしたという伝説があり、何代目かの松が残っている。通勤は、一乗寺駅から出町柳駅まで行き、京阪電車に乗り換える。三条でさらに地下鉄に乗り換えて御池《おいけ》まで行く。そこに宮地が勤務する烏丸《からすま》支店がある。

出町柳駅で乗り降りして鴨川の光景を見る度に胸の古い傷がかすかに痛んだ。しかし、それも忙しい日々に追われ、一か月もすれば慣れるように消えてしまった。

池袋支店の上席の副支店長から本店の融資企画部次長を経て今の支店に転勤してきた。融資企画部の時に、支店長の資格である参事になっている。転勤すれば支店長だと思っていたのにまた副支店長であることに不満があった。

これは、おそらく、融資企画部勤務時に銀行の融資方針を批判して担当役員の不興を買ったからであろうと思っている。宮地にとって二度目の挫折である。管理職は五十歳前後で銀行の外に出される。今回は、与えられた使命を果たすことで評価を挽回して、人生の目標である豊かな生活を確保するために一日も早く支店長になりたいと宮地は焦っていた。

（一）　いきなりの難題

京都のメインストリート烏丸《からすま》通と旧東海道に繋がる三条通が交差するところに四つ葉銀行烏丸支店があった。烏丸通の西側を並行して走る室町通、新町通などには呉服屋が多くあり室町筋と言われている。それらの呉服屋は江戸時代から続くものも多いが、古参となれば室町時代末期、織田信長が今川義元と桶狭間で戦っている頃に創業して、今も家業として呉服屋を続けている。しかし、かつてのにぎわいはあまり感じられない。

十月の第一金曜日、全国支店長会議で山中支店長は東京の本店に出張していた。副支店長の宮地がいつものように八時過ぎに出勤すると、融資課長の下村が青い顔をしてデスクの前に立った。いつもと違う様子に嫌な予感がして「どうした」と訊く。

「申し訳ありません。大変なことになりました、私、もう首です」

落ち着いて話せと冷静に尋ねてみる。

「池内が、融資の申し込みを受けたのに忘れていまして……」

「忘れていただって」

強い口調で言ってから眉をひそめた。担当が忘れていただけで課長が青い顔をするのは何か大きな問題があるのだろうと感じて、池内を呼んで下村を連れて支店長室に入った。

「一か月前に岡田商事から運転資金三千万円の融資の申し込みを受けたのに、私に報告もなく、忘れてしまって、今日になって思い出したというのです」

岡田商事は白生地《しろきじ》の問屋で、既に三億円ほどの融資残高があった。白生地とは染色してきものを作る前の、白い糸で織った生地を反物にしたものである。今日当社への新規融資は支店長決裁ではなく、本店の審査部の承認がいる。今日言って今日の融資は難しい。それにこの会社は業況不振の赤字会社で、今後は回収だけで融資はしないと引き継いでいる。九月のはじめにこの支店に転勤してきて一か月ばかりの支店長不在のこの時期に、いきなり厄介な問題に遭遇した。試されているのかと宮地は唇を歪める。

単純に忘れただけなのに、上司たちがどうしてこんなに騒ぐのだ、これからやればいいではないかというような危機感のない顔で池内が突っ立っている。宮地は、こんなくだらないことに関わっている時間が惜しいとイラついていた。

「一か月も放ったらかして、先方は何も言ってこなかったのか」

「そうなんですが、金がいるのは今日らしいのです」

「今日だと」

下村課長の説明に、思わず宮地は叫んだ。こんなことでトラブルになりキャリアに傷をつけられてたまるかと顔をしかめていると、業務課長が入ってきた。

「岡田商事の当座勘定がマイナスになっています」

「なに!!　いくらマイナスなんだ」

三千万円のマイナスだという業務課長の説明に、岡田商事は今日の手形決済資金として融資を当てにしていたことが分かる。融資をしないと岡田商事は不渡りを出して倒産ということになる、それも銀行の責任で。追い込んでくる事態に怒りが爆発して池内を怒鳴りつける。

「どうしてこんな重要なことを忘れてしまったのだ」

「どうしてだか……忘れてしまったんです」

謝るわけではなく池内はヘラヘラして話した。彼は銀行の基本業務の実地研修を終えて、この春から融資課に配属された入行三年目の男の子である。背が高く、かつて流行ったトレンディドラマの俳優に似ていることと、京都の一流大学出身であることを鼻にかけて、もてていると思い込んでいるチャラチャラした男であった。

池内の言葉に怒りが増幅してくる。

「融資ができない先だと知っているだろう。申し込みがあった段階で上司に報告してお断りしておけば何の問題もなかったのだ。岡田商事が倒産すればお前の責任だぞ」

「僕だけの責任ですか？」

「お前以外の誰に責任があると言うのだ」

こんなあり得ないミスで追い込まれるトラブルは経験していない。腹立たしさが増幅する中で、宮地はこの問題をどう解決するかを必死に考えた。開店のシャッターが上がっている音が聞こえていた。

「岡田商事の社長さんがこられました」

女子行員が下村課長と池内を呼びにきた。ずっと他人事《ひとごと》みたいな顔をしていた池内の顔が歪む。こんなバカと一緒に追い詰められてたまるかと池内をにらんだその時、宮地は対処への覚悟ができた。そして、どう対応するのかを瞬時に思い付いた。下村が池内に「ついてこい」と立ち上がる。

「応接室にお入れして、お待ちいただくように」

宮地は下村と池内を止めて、女子行員にそう指示をした。部屋に掛けられた時計は九時五分を示していた。支店長会議は九時半からである。宮地は山中支店長に電話を入れて突然の事態を説明し、驚いている山中から対応の仕方について承諾を取った。

三十分は待たされただろうか、岡田商事の岡田社長は応接室でイライラしていた。宮地は下村と池内を連れて部屋に入ると、ごく普通に挨拶をした。いつもは融資課長との話し合いで用件をすませている岡田は、引継ぎで顔を合わせただけの副支店長の登場に戸惑った様子を見せた。

「池内に融資の話があったようですね」

「そやから融資の手続きにきましたんや」

宮地を睨みつけて応える。

「誠に申し訳ありませんが、この話、今聞いたばかりなので、これから審査部に融資の申請を行います。手続きは少しお待ちいただけませんか」

「今頃、何言うてますねん。一か月も前に話してますよ。それに、もう手形がまわってるんやで。融資してもらわな決済でけへんがな」

嫌味を込めた薄笑いを浮かべて岡田が強い立場を示す。宮地の外見はがっしりとした体形の大きな男ではあるが、ハンサムで優しい顔立ちなので甘く見られることが多い。現場のことを知らない本部からきた「ぽっと出」の肩書だけの人物に過ぎないと、おそらく岡田はそう思っているのだと感じた。

「一か月も返答しなかったのは当方のミスですが、社長の方はどうなんですか」

副支店長が何を言い出すのか、下村は不安な様子で視線を宮地と岡田に向けている。池内は気まずそうに俯いたままであった。

「どういう意味ですねん」

「その間、融資の可否をお聞きにこられましたか」

「そやから私にも責任があるっちゅうのんかいな。返事は聞いてへんけど、あかんとも聞いておません。そやから融資はしてもらえるもんやと思うていましたんや」

口を尖らせて反論する。宮地は、岡田商事から融資の申し込みが今まで何度もあったが、業況不振を理由にその都度断っていると説明し、したがって簡単に融資が受けられると判断するのは早計ではないかと話した。融資の返事が遅いことにあえて問い合わせしないで、銀行を追い込む「ずるい」作戦を岡田が取っていると宮地は考えているのだ。

「自分のミスを棚に上げて、こっちの責任にするのは大企業の横暴やおまへんか。貸し渋りと違いますかいな」

色をなして声を上げる。そして開き直る。下村は渋面で聞いている。

「もう当座勘定はマイナスなんやろ。融資受けられへんかったら不渡り出して倒産や。銀行のせいで倒産や、分かってるんかいな」

岡田の怒りに、池内ははじめて責任の重さを感じたようだ。俯いている身体を震わせた。

「こちらのミスを認めていますから、これから融資の申請に入ろうと考えているのです。ですから、もう少しお待ちいただけますか」

宮地は動じないで、落ち着いて話した。

「間に合うんかいな?」

「審査部の説得に時間がかかりますが、間に合うように努力しますから」

「努力やて……融資がでけへんかったら銀行の責任やからね」

「社長にも半分責任があることをお忘れなく」

今回は銀行のミスだから、赤字会社への無理な融資をせざるを得ないと宮地は考えている。もし審査部が承認してくれなければ大きなトラブルになる。最悪それでも仕方がないと腹を括っていた。呉服関連企業への融資ストップの端緒にすればいいからだ。

宮地は、烏丸支店への赴任に当たり、二つの使命を与えられている。一つは、当店の貸出資産に占める呉服を中心とした伝統産業のウエイトを下げることであった。トラブルの終息は簡単ではないが、岡田商事への融資が減ることには問題ないのだ。

もう一つの使命は、伝統産業への融資を減らすことで融資残高が縮小しないように伝統産業以外で新規融資先を増やすことである。そのために新規融資開拓専任の副課長と担当を各一人つけてもらっている。

呉服の市場は、日本人がきものを着なくなって、ピークであった八十年代の一兆八千億円から六分の一の三千億円にまで減少している。したがって呉服産業は衰退の一途をたどっており、倒産して不良債権になるケースが多発しているのだ。

伝統産業への融資を減らすことはさほど難しいとは考えていない。新規融資先を増やすことの方が困難であろうと宮地は思っている。

岡田社長に帰ってもらうと、池内に申請書を書くように指示をして、宮地は審査部の担当審査役に電話を入れて事情を話した。支店のミスで、融資できないような先に融資だなんて話にならないと一蹴された。審査役はそうくると予想していたので怯まなかった。

「銀行のミスだと顧客は息巻いています。融資をしないと倒産します」

「ミスは支店の問題だろう」

審査役は取り付く島もなかった。

「こちらのミスを認めた上で、審査部に掛け合うと話してあります。ですから融資ができないとトラブルことになります。顧客から見れば支店も審査部も同じ銀行です」

トラブルに巻き込むという脅しを掛けた。宮地は今までもっと深刻な修羅場を数多く踏んでいる。顔に似合わず度胸があった。怯んだ審査役は「担保を取れ、金額を減らせ、期間を縮めろ」などの条件闘争に出てきた。宮地はこれで「勝てる」と思った。

「申請書を書き上げ次第ファックスしますから、ご意見ください」

無理な話を、腰を低くしてお願いするのではなく強引に進めた。審査役への電話を終えると、下村に指示していたことの結果を聞いた。岡田商事の販売先を調べさせていたのだ。思った通り、販売先はほとんど当店に取引がある呉服屋であった。これなら万が一の場合、販売先の協力を得て、岡田商事の売上債権を差し押さえることができる。宮地は乱暴に融資を進めているのではなく、債権保全も考えていた。

外訪の予定を全てキャンセルして宮地は岡田商事の件に取り組んでいた。この動きを行員たちが察知して店内には張り詰めた空気が流れている。

「大変ですね。私にできることがあれば言ってください」

横に座るもう一人の副支店長の村田が気の毒そうな顔で声を掛けた。上席の副支店長である宮地は融資課、取引先課（預金集めや新規取引の獲得を担当）、外国課を統括し、村田は預金や為替の事務、ＡＴＭ（現金・預金自動預け払い機）、庶務の統括である。

村田は宮地より四歳年上で、経歴や置かれている立場からこれ以上の昇進は諦めている様子である。京都の出身で、はっきりとものを言わないので分かりにくい人物だ。悪い人柄ではないが、心から心配してくれているようには宮地には感じられなかった。

審査部の渋々の承認を得て、融資手続きが完了したのは三時少し前であった。一件落着の報告を山中支店長にしてから、宮地は池内と下村課長を支店長室に呼んだ。

「今回のことは何が原因だと思う？」

二人を座らせて、池内に優しく訊く。

「はあ……」

もうすんだことだと、安心した顔をしている。

「こんなことはなあ、教育や経験じゃないんだよ。お前に仕事をしているという気持ちがないからだ。女と遊ぶことばかり考えているからだろう」

このような言葉使いをはじめてした。池内はこれまで怒られたことがないのだろう、驚いた顔を見せたが、個人的なことまで踏み込まれて不愉快で納得いかない様子であった。

支店長や副支店長の仕事で大事なことは、業務を遂行するリーダーシップと部下の教育だと宮地は考えている。こんなあり得ないミスをしながら反省の色も感じられない池内には相当きつく言わないと分からないだろうと思った。

「少なくとも給料分だけは仕事をしろ。次にこのようなつまらないミスをすれば、営業職不適格として事務職にまわすから、覚悟して仕事に励め」

年代に関わらず、あまりにも仕事のやる気がなかったり、出来が悪すぎるために営業から事務職に移される人物がけっこういる。そういう場合は昇進が難しいことを池内も知っているのだろう、改めて事の重大さに気付いた顔をした。池内を下がらせて下村を残した。

「岡田商事への俺の対応、傲慢過ぎると思っているんじゃないか」

銀行のミスなのに責任を半分相手に押し付けたことを言っている。

「ああいう言い方だと、トラブルがさらに広がるのではと正直驚きました。はじめから勝算ありと考えておられました？」

正直な気持ちだろう。上司にへつらわないところを宮地は評価している。三十代後半で烏丸支店のような大店舗の融資課長をしているだけあってよくできる男だ。

「交渉事ってものは、こちらに非があっても一方的に謝ってはダメなんだ。相手の非を見つけ出して妥協策を探る、これが基本だよ」

優しい顔と強引なやり口のアンバランスに下村は首を傾げている。

「勝算のない賭けはしてはいけないが、今回はあまりにも突然のことで、どう対応するか分からないでいたよ。池内が一か月忘れていたが、その間岡田商事も聞きにこなかったことを思い出した時に、これは負けが半分ですむと感じたんだ。そこから強気の交渉」

「副支店長の交渉、勉強になりました」

どんなに不利な状況になろうと逃げないことだよ、と下村の肩をたたいて、一件落着したことだし金曜日だ、今夜は飲みに行こうと誘った。

（二） 平安銀行の大塚

京都の紅葉を楽しむ時間もなく冬を迎えていた。懸命の努力にも関わらず新規融資先の開拓が進んでいない。京都市内の大部分の企業は、七つある当行の支店で既に取引がある。したがって、新規融資先開拓の二人の部下には市内の南区、伏見区、さらにもっと南の方まで回らせている。宮地は、よくある「成果は自分のもの、失敗は部下のせい」とするような人物ではなかった。これと狙った先は部下と一緒にセールスに走りまわっている。

呉服産業についての知識が十分でないことは自覚していた。だからいきなり融資を止めたり返済を迫るような乱暴なことはしていない。業績が悪く今後も改善が認められない先への新規融資を止めながら業界の様子を見てきた。

それで融資を受けられずに何社かは倒産した。それらの企業は融資を続けていても、いずれ倒産したであろうと宮地は考えている。業績の良い先には新規融資を続けているから、室町筋には波風は立っていない。

宮地としては、新しい融資先の獲得と平行して伝統産業への融資を減らそうと考えていたが、新規融資先の獲得が進まない。これでは与えられた使命が果たせない。最近焦り始めている。本来は、その企業の業績の改善策などを話し合い業績向上への支援をするのが銀行の仕事であるが、そんなことをしている時間がなくなってきた。

与えられた使命をしっかり果たすことで、左遷された立場を回復させ次の栄達を目指さなければならない。これからは呉服屋への融資を大胆に減らしていこうと決めた。

鴨川を南に下った伏見区に竹田工業があった。金箔のメタリック転写によるＩＣ基盤回路やディスプレイの保護フィルムを製造しているＩＣ関連企業である。副課長の町村が通い詰めているが門前払いの状態であった。そこで宮地が町村を連れて訪れた。

ねばって経理部長に会うことができた。設備の更新頻度が高く設備資金が必要だということまでは聞き出したが、銀行の新規取引は社長の了解がいるとのことであった。そこで社長に会わせてもらいたいと申し入れたがかなわなかった。日を改めて再度訪問することにして社を辞した。経理部長との会話で、「金箔」という言葉が宮地に引っかかった。なぜ引っかかるのか、考えても分からなかった。

支店に帰り着くと、下村課長が案内して支店長室に入ろうとしている人物の後ろ姿が目に入った。太った身体で腰をひねるようにして歩くその姿に見覚えがあった。宮地も支店長室に入る。やはりそうだ、五反田支店の時の支店長三井だ。確か、兜町支店長を最後に今は大手ゼネコン日本橋建設の専務をしているはずだ。

宮地の入行店は丸の内支店であった。はじめての転勤が五反田支店で、そこではじめて融資を担当した。進行中の融資案件をいくつか引き継いだ。「課長には了解を取ってあるから、申請書を書いてくれ」とその引継ぎ者から言われ、宮地は急遽申請書を書いて課長に出した。はじめての仕事で内容の出来が悪かったこともあるが、「こんな案件、聞いていない」と怒られて、「宮地が勝手に融資の約束をした」と三井支店長に報告された。銀行の規則では、融資を受けるのも断るのも支店長の権限で、担当者は勝手にできないのである。

宮地に引き継いで転勤して行った男は、三井の評価が高く支店長代理となって栄転している。宮地の言い訳を課長も支店長も聞いてくれなかった。半年後、融資担当不適格として外国課に係り替えになった。一度目の挫折である。昇進が遅れたのはこのせいであると宮地は思っている。それでも、昔のことだと気を取り直して挨拶をした。

「御無沙汰しております」

「はて、どちら様かな？」

三井は宮地のことを覚えていなかった。

「五反田でお世話になりました宮地です」

ぎょろりとした目を向けてから思い出したようだ。

「ああ～宮地君……課長にでもしてもらったのかな」

三井が思い出した宮地は、彼の中ではまだ「融資担当不適格」のままのようである。

「今日はどのようなご用件で？」

不愉快さを抑えて、あえて訂正しないで、そう訊いた。

「三井専務は京洛新聞のオーナー会長を紹介してほしいとおっしゃって支店長を訪ねてこられています」

本人が応える前に下村が説明した。名刺をもらった時にＯＢであることを告げられたのだろう、丁寧な言い方になっている。

「京洛新聞が来年度に新社屋の建設を検討しているという情報を得ていてね、それで大阪にきたついでに会長さんに挨拶しておきたいんだ」

「支店長は出かけているはずですよ」

そうだろう、と下村に目で合図をする。

「そうなのか、それでは副支店長でもかまわないから」

副支店長でもかまわないだと……まるで部下に命じるような態度に宮地はまた不愉快になった。下村も眉をひそめている。

「そうですか、それなら村田副支店長を呼んでください。三井さん、私は急ぐ用件がありますので、これで失礼します」

村田副支店長を呼べと指示されて、下村はその意図を鋭く察知したようだ。何も訊かずに宮地に続いて部屋を出た。

下村に連れてこられた村田は、三井からの用件に戸惑って応えた。

「京洛新聞の会長は難しい方で、アポイントなしでお会いできるのは山中支店長と宮地副支店長だけなんです。私にはちょっと無理でして……」

「エッ、宮地副支店長？」

これくらい大きな支店になると副支店長が二人くらいいることは三井も分かっていたが、宮地が副支店長だとは思いもよらなかった上に、彼が副支店長を呼べと言ったこともあり、三井は混乱していた。

「はい、上席の副支店長です。副支店長ですけど資格は参事です」

はじめから宮地を軽く見るような発言が気になっていた下村は、言わなくてもいい資格のことまで言った。三井が恥をかいて焦っている様子に溜飲を下げたような顔をしている。

「失礼した」

顔を真っ赤にして三井が部屋を出て行った。「どういうこと？」村田副支店長は訳が分からず首を傾げている。

宮地は竹田工業への攻略を考えていた。今年も残り少なくなっている。今まで獲得できた本格的な融資先は液晶パネルのケミカル研磨が主業のハヤセケミカルくらいで、宮地は焦っていた。年内に二～三社獲得のメドを立てたいと考えている。

「西山織物にご同行いただけませんか」

副課長の町村が宮地のデスクの前に立った。

「織物業……こういう業種は避けようって言ってあるだろう」

呉服などの伝統産業以外の業種、足が地に着いた工業や化学会社の獲得を目指している。ネットショッピング会社や人材や不動産のあっせん会社は対象としていない。

「織物会社ですが、いわゆる伝統産業ではないのです」

西陣から引っ越してきた企業であるが、西陣織の織物を張り付けたソファーや椅子を海外の一流ホテルに納入しているのだと町村が説明した。

「そうか……竹田工業で引っ掛かっていたことが分かったよ」

竹田工業が金箔を扱っていることに引っ掛かっていたのだ、西陣出身だからだと気付いた。この西山織物も西陣織という伝統技術を新しい方向に生かしているのではないか。伝統産業の中に何か新しいものを見付けられそうな気がした。

「その西山織物へ直ぐ行こう」

町村が運転するスバルで北山にある西山織物に向かった。

「五年前に、フランスでの展示会に西陣織の紹介のつもりでクッションを出品したら、パリの百貨店から注文が入りました。それがきっかけです」

はじめての訪問なのに、十三代目の西山社長は快く会ってくれてそう話した。五十歳くらいだろうか、丸首のベージュのセーターというラフな姿であった。

「西陣で代々帯を織ってきましたが、需要の減退で廃業に追い込まれそうになったんです。それで西陣の土地を売ってこちらに移り、生き残りを模索したのがこれらの製品です」

そう話して、金糸が織り込まれてペインティングしたような大胆な図案の織物見本を見せてくれた。それは、角度を変えると光り方が変化した。これらを椅子やソファーに張り付けるのだという。織物業というよりインテリア業であった。海外への売り方を訊く。

「人材を含め経営資源が足りません。何から何まで商社に頼っています」

「すると資金面もですか」

そうだと西山は答える。売上金の回収を早めるために商社金融を使っているのなら、銀行借入の方が金利が安くなるとセールスする。

「商社とは長いつき合いです。西陣が廃れても、織物という商品を見捨てずに助けてもらっています。簡単には切れません」

伝統産業を見捨てようとしている宮地には厳しい言葉であった。織物業を単純に伝統産業だと決めつけていいものだろうか、疑問を持ち始めた。

「うちのようなところに融資だなんて有難いお話ですが、少し考えさせてください」

もっと中身を知れば攻め方も見つかると思いながら宮地と町村は会社を出た。

木屋町《きやまち》の居酒屋で宮地は平安銀行の大塚雅彦と寄せ鍋をつついていた。

「宮地さんは時々大阪弁が出はりますが、ご出身は？」

熱燗の銚子を差し出して訊いた。

「大阪です。でも関西勤務ははじめてなんです。ずっと東京で」

「そうなんですか。大阪のどちらですやろ」

「だんじり祭りで有名な」

「ああ、岸和田ですか。ええとこですや」

「京都と違ってガラの悪いとこですよ」

そんなことはないでしょうと大塚がまた注いだ。そして高校までは岸和田なのかと訊いた。そうだと応えて、今度は宮地が銚子を向ける。

「あのお城の横の学校ですか」

「そうです。よくご存じですね」

ええ、まあ、と大塚が目を逸らした。

「私は四十八ですけど、宮地さんは少しお若いと」

「はい、四十六歳です。二年先輩でしたか、軽口はいけませんね」

「この歳になって歳の差なんか関係ありませんよ」

手を振って笑顔を見せたが、どこかにぎこちなさを感じた。しばらく会話が途絶えて、銚子がそれぞれ二本目になった頃に大塚が少し緊張して訊いた。

「プレイランドをどう評価されてはるんやろう」

プレイランドは強烈な個性のキャラクターが闘争を繰り広げるゲームソフトが人気で業績を伸ばし続けている企業で、先日設備資金の協調融資を平安銀行に打診した。その時はじめて本店営業三部長の大塚に会った。快く応諾してもらい、話が弾み二人は昔からの友人のような気分になり、今日の飲み会を約束していた。

「これからも伸びる企業で、当行がメインの座を堅持したいと考えていますが」

差し障りのない言い方で応える。

「それでしたら、なぜ御行一行で融資をされなかったのですか」

立派な企業への融資で、メインバンクを維持したいのなら協調融資なんかしない方がいいのではないかと言っている。

「それは、中西工業の借りを一旦返しておこうと考えてのことです」

少し前に、平安銀行がメインである計測器の大手中西工業への大型設備資金の融資に無理やり入り込んで協調融資にしてもらったことがあった。今回はその借りを返したのだという意味である。

　実態は少し違っている。プレイランドへの融資案件は、伝統産業への融資ウエイトを低めたいという烏丸支店の課題にとっては絶好の案件であった。それで支店長の山中は全額当店で扱おうと考えた。それを宮地が反対した。彼は、伝統産業に代えて増やすのは生活の向上に寄与する工業や化学会社であってゲームソフトの会社ではないと考えているのだ。

　そこで、この機会に中西工業の借りを返しておこうと宮地が提案した。融資に対する考え方は山中支店長も基本的には同じであったし、岡田商事の件で見せた宮地の手腕を評価していたので彼の説に応じたのである。大塚にはそこまで話さない。

「なるほど……」

　納得していない様子であるが、それ以上訊いてこなかった。話がまた途絶えたが、鍋の湯気でほっこりとした気分になってくる。

「これからの銀行をどう考えていはります？」

猪口を置いて宮地が話し始める。少し酔っていた。

「銀行は国民経済や産業の発展に役立つ融資をするべきで、もうかるからといって、プレシャススカイのような投資会社にどんどん融資すべきではないと思っています」

プレシャススカイへのあまりにも過大な融資に反対して、融資企画部次長のポストを追われている。高い技術力を持つ電機メーカーが経営に行き詰まった時に、メインバンクの四つ葉銀行は支援しないで中国の企業に売却する策を取った。将来への確たる展望を持たずにプレシャススカイのような足が地についていない企業を支援する、そういう方針に我慢ならなかったのだ。

「個人や中小企業といったリテール部門はもうからないとして、メガバンクは支店の統廃合を進めていますが、これでええのですかね」

大塚の説に、その通りだと頷いて、

「リテール部門はもうからないのではなく、もうけ方を知らないのです」

「私ら地銀は地べたを這うような営業活動をしていますよ」

「御存じのように、個人では相続、中小企業では事業継承という課題がありま す。これらに対応すれば立派な収益部門になります」

　後継者不足などで年間五万社近くの中小企業が廃業・解散している。ここを銀行が支援することで収益部門になると宮地は言うのだ。

「それに、預金のような安定した資金ではなく、市場から調達した資金を大企業への融資にまわす、これじゃ銀行ではないですよ。金融会社にすぎません」

　そうですねと応えながらも、そういう大きな話には興味がなさそうな顔をし始めた。

「ご支店には呉服屋の取引がたくさんありますね。この業界をどう思います」

　大塚は身近な話に舵を切った。呉服を中心にした伝統産業への融資を縮小するという使命を宮地は帯びている。しかしそのことは言えない。

「全ての呉服屋が生き残れるとは思えません」

「御行が選別しはるということですか」

　鋭い指摘だと思った。使命として宮地がしようとしているのだ。

「とんでもない。市場の論理ですよ。選ぶのは消費者です。企業が努力し、消費者が必要だと思った呉服屋だけが生き残れるのだと思います」

生き残りを賭けて変わり始めている呉服屋もあることに気付き始めてはいるが、与えられた使命を果たすために、宮地は従来からの呉服屋への融資は今後止めようと考えている。しかし、大塚にはまた差し障りのない言い方をした。

「その通りだと思います。ところが、宮地さんがこられてから新規開拓にえろう力を入れてはる。これは、伝統産業との取引を切っていく前提やないですか」

動きをきっちり読まれている。嫌な奴だとは感じない。たいした男だと思った。

「烏丸支店は伝統産業のウエイトが高いので、呉服以外の産業の取引も増やしたいということだけです。ですから伝統産業との取引を止めるわけではありませんよ」

ごまかした言い方をした。平安銀行の人間に自分の使命を話すわけにはいかない。信頼できそうな人物であるが、呉服などに関係のない部署を担当している男がどうしてこんな話をするのかが疑問であった。それに、説明できない何か引っかかるものがあるのだ。

後はたわいもない世間話になった。競争相手でありどこまで親しくできるか分からないが、気が合いそうな人物のように思えた。

（三）　招かれざる客

　外訪から帰った宮地は、支店の食堂で昼食をとっていた。テレビからは東寺《とうじ》の「終《しま》い弘法《こうぼう》」のニュースが流れている。東寺では弘法大師空海の月命日である二十一日に「弘法市」と呼ばれる縁日が開催される。一年最後の縁日は「終い弘法」と呼ばれるらしい。広い境内に骨董品、日用雑貨、古書、正月の縁起物などの露店が立ち並び、買い物客でにぎわう様子が映し出されていた。

　今年も終わりか……ふと呟いてみる。あれから西山織物を立て続けに訪ねて、来年早々には融資ができるメドが立った。しかしそこまでである。目標にはほど遠い。ため息が出た。今後の作戦を練り直そうと思ったが気分が乗らなかった。今年の年末年始の休暇は五日ある、久しぶりに自宅でゆっくりして英気を養った方がいいかと思い直した。

食事が終わった時、下村課長が呼びにきた。来客だと言う。

「副支店長は出かけていると申し上げると、待つとおっしゃって」

誰だと訊くと、下村が声をひそめてそう応えた。店内にいることを知っているのに、そういう言い方をするのはただ事ではないと感じる。

「招かれざる客か？」

「いえ、お友達だとおっしゃって……白井さんと」

「白井だって、おそらく友達だよ」

どうして不審がるのか聞いてみる。

「それは……」

宮地から友達だと言われて下村も言いにくいのだろう、それ以上聞かずに二階の食堂から降りて応接室に入った。そして、下村が不審がる訳が分かった。

「よおっ」

その男が宮地に声を掛けた。やはり友達の白井であった。ソファーにふんぞり返って座り、ズボンをすねのところまでめくりあげている。

「久しぶりだな」

白井の様子をじろりと見て眉をひそめた。

「お前は部下にどんな教育をしてるんだ」

宮地が前に座るといきなり怒った。応えることなく白井を観察する。髭が伸び、鼻毛も出ている。コートの下にジャケットは着ているがネクタイはしていない。むき出しになっている足の毛も不潔な感じである。さえない風体にまともな生活をしていないと思った。

「部下が何か不都合なことをしたのか？」

「待たせるのにお茶の一杯も出さないのか」

待たせる？　自分から待つと言ったのだろう、とは言わない。

「うちではお茶は出さないことにしている」

決してそうではない。身なり、言葉、態度から不審人物と下村は判断してお茶を出さなかったのだろう。宮地の言葉に白井は黙った。彼とは、大学生になってから、親友の庄司の友達だというのでつき合った程度の間柄である。

「元気そうじゃないか。でもなあ、人の職場にきて、自分の身なりはさておき人の非難はどうしたものかなあ」

「非難だと……俺は客だぞ、身なりで差別するのか」

声を荒げた。虚勢を張っているだけだと宮地は知っている。

「そんなことはしない。二十年以上銀行員をしているが、ふんぞり返って座る客は見たことがない」

きまり悪そうに白井は座り直す。

「教師をしているんだろう、京都の小学校か」

経歴などは知らないが、教育学部を出ているからそう訊いた。

「京都じゃない、大阪だ。教師なんかやってられるかよ」

「どうした、教師は大切な職業だ」

「生徒のためを思って注意したら、親が出てきて教師を責める。子供に暴力を振るわれても何もできない。あほらしくて、ずっと前に辞めたよ」

男として身長は高くも低くもない。ただ貧相な風体から人になめられることが多かった。大学生の時に女子高生にカツアゲされたこともある。仲間が少なく、追い詰められると人格が変わり自爆するタイプであった。今もそれは変わっていないようだ。

「今はどうしている？」

「無職なんだ。生活する金がない、銀行で貸してくれないか」

目的はそれか、宮地は呆れた。

「無職だって！　家族はどうしている」

「教師を辞めた時に離婚されたよ。一人だ」

「毎日の暮らしはどうしてるんだ」

「アルバイトでしのいでいる」

教師をしていた人間がアルバイトとは驚いた。

「きちんとしたところで働かないのか」

「庄司に紹介された会社に勤めていたが、それも辞めた」

庄司は全国紙である新聞社の大阪本社に勤めている。その彼を頼ったのか。

「庄司が紹介してくれたのに、どうして」

「健康器具、マッサージ付の椅子だよ。これを売る仕事。ノルマがきついし、詐欺まがいのセールスをしている。そんなのやってられるかよ」

貧相な顔をしかめて愚痴を言う。

「セールスは辛い仕事だ」

「何が辛いだ、机の上の仕事しか知らないお前なんかに分かるもんか。ろくでもない会社を紹介しやがった」

苦労している割には世間を知らないようだ。

「庄司のせいにするのはお門違いだよ。それより、ハローワークへ行ったらどうだ」

「そんな面倒くさいことできるかよ」

教師を辞めたことが大きいのだろうが、いつの間にか、働いて生きるという「普通の生活」ができない人間になっている。相手にする人物ではないと思った。

「だから、金を貸してくれよ」

「悪いけど、銀行では生活保護費は出せない。お前がまずやることは、自分で仕事を見つけて真っ当な生活をすることだな」

「偉くなったら、友達に冷たいな」

口を尖らせたが、声に威勢がなかった。

「友達と言うのなら、友達らしくしたらどうだ」

「世の中は不公平だ。同じような立場だったのに、いつの間にかエリートとクズになってしまった」

何が同じ立場だ、宮地は不愉快な顔をする。厳しく苦しい競争を必死に戦い抜いてきたのだ。いわれなきことで何度も足を引っ張られた。それでも俺は諦めずに努力をして今日まできている。お前はどれだけの努力をしたというのだ。逃げまわっているだけではないのか。白井に厳しい視線を向けた。

「もうこないよ」

肩を落として白井は帰って行った。

新しい年を迎え、まだ正月気分が抜けない頃、珍しい客がやってきた。銀行のOBで、塗料製造会社の常務に席を移しているが、現役時代には再建のエースと呼ばれた山村である。彼は七年ほど前に東京の恵比寿支店長から室町の呉服最大手であった彩華《さいか》に出向して再建に取り組んだ人物である。宮地は名前だけ知っていた。彩華は山村の努力にもかかわらず平安銀行の横やりで再建できず、最終的には四つ葉銀行も支援しなかったので倒産している。

「村治会長の病状が思わしくないのでお見舞いにきました」

そのついでに支店に寄らせてもらったのだと話した。山中支店長は不在であったので、下村と二人で会った。彩華の会長村治太一郎は、倒産後しばらくしてから脳梗塞で倒れ入院している。宮地は直接知らないが、病状が相当悪いと聞こえてきていた。

挨拶が終わると、山村の鋭い視線を気にしながら訊いてみた。

「呉服の将来に明るい兆しも見えないのに、どうして再建しようと考えられたのですか」

伝統的な呉服業の中から、新しい方向を模索して生き残りを図っている企業があることに気付いている。それでも使命を果たすために呉服業への融資を削減する気持ちに変わりはなかった。山村がいた七年前も業界は低迷していたはずなのに、銀行からの使命とはいえ必死に再建に取り組む意味があったのだろうか。彼とは全く反対の立場にいる自分にはまだ見えていない何かがあるのだろうか。そんな気持ちがしたからである。

山村の年齢は十歳ほど年上で、頑丈そうな体形で、これが銀行員かと思ってしまうほど怖い顔をしている。

「村治家の家訓に、財産や会社は個人のものではなく、先祖から預かったものである。将来世代に繋いでいかなければならないというのがあってね。会長は自分の代で家業を潰せなかったんだよ。何としても次代に繋ぎたい、その心意気に感じて再建のお手伝いをしたんです」

東京人の山村が京都人の気持ちがよく分かったものだと思いながら、そういうことは訊けないので違う言い方で尋ねてみた。

「京都人をどう感じていますか」

「日本を代表する立派な企業が多々ある中で、室町筋のように時代に取り残された部分もある。そのことを京都人はどう思っているのか、ずっと考えていましたよ」

人を刺すような鋭い視線はそう感じるだけで、目の奥には優しさがあった。

「この室町で仕事をするうちに、京都人も昔のままではないことが見えてきたんです。呉服も生きるために少しずつ変化していると気付いたのです」

宮地もそのことに気付き始めていた。

「関西人のあなたなら分かるんじゃないですか」

「出身は大阪ですが、入行以来ずっと東京で関西は今回はじめてなんです」

そうですか、とため息をついて山村はまた話し始めた。

「村治会長は、京都人のことを『カタツムリ』とおっしゃった」

「カタツムリ？　ですか」

「私もはじめは何のことかと思いましたよ」

そう話すとにっこりと笑った。怖い顔であってもいい顔だと思った。

「京都人は動いていないように見えるが、よく見るとゆっくりではあるが動いているというのです」

「それでカタツムリですか」

「それだけではありませんよ。カタツムリは雌雄同体で得体のしれないこと。相手によって正反対の反応を示すこと、さらに群れをなして仲間意識が強く外部のものを受け入れないところ、これらはみな京都人と同じじゃないですか」

なるほどなあ、宮地は感心した。

「しかし、京都人が特別なのではありません。どこだって同じですよ。本心からつき合えば理解し合えます」

呉服屋もゆっくり変化している。その言葉を宮地はかみしめた。

「そうはいうものの、欲得でドライな動きをするのも現実。お感じかもしれませんが、平安銀行の動きには気を付けた方がいい。いや、昨今の厳しい金融情勢の中では当行だって最終的にどういう動きをするのか分からない」

　山村は一旦承認された再建計画を平安銀行に反故にされたこと、当行も烏丸支店の意向に反して審査部が融資に反対して結局再建できずに倒産に至ったことからの不信感を述べているのだろう。平安銀行の大塚には少し違和感を持っているが、信頼できる人物だと思っている。彼からの情報で平安銀行の動きには対応できるとも思っている。

　呉服業界の変化は分かってきても、与えられた役目は果たさなければならないという気持ちに変化はない。業界のことより、自分の栄達が大事なのだ。宮地は自分にそう言い聞かせた。

（四）　あおい

通勤の途中に見かける家々の庭に咲く花は、忙しさで忘れかけている季節を思い出させてくれる。ゆきやなぎが真っ盛りで、黄色いモッコウバラが咲き始めていた。懸案だった西山織物や竹田工業への融資が実現し、新しい年度は幸先のいいスタートになっている。その日は、山中支店長は使わないというのでクラウンを借りて平野神社近くの私立大学へ行った。取引がある学校で、事務長に今期の業務計画をヒアリングするためである。

用件を終えて校内を歩いた。見上げると衣笠山に淡い月がかかっていた。四時限目が終わったところで校内は学生で溢れている。待たせていた車に乗り込むと、運転手にゆっくり走るように言って広い正門を出た。学生はバス停に続々と集まっている。正面にある白い建物の美術館から一人の女性が出てきてバス停に向かおうとしていた。

停留所にバスがやってきたが、学生で溢れ、こんな状況なら乗り切れないなと思いながら女性に焦点を合わせる。そして叫びそうになった。運転手に近づけるように言う。間違いなく彼女だ。クラウンを止めさせると、宮地は飛び降りた。女性は宮地を見た。

「宮地君？」

覚えてくれていたことが、狂喜するほど嬉しかった。高校時代のマドンナ、芝野あおいである。少し太った感じであるが、四十半ばになっても若々しく美しさは衰えていない。背丈は女性としてはある方で、きりっとしてわずかにつりあがった目は昔のままだ。

「驚いたよ。久しぶりだね」

彼女の装いは、アイボリーの地にクラシックストライプ模様のシャツを着て、軽そうなトレンチを引っ掛け、白いパンツ姿であった。彼女は信じられないという顔をしている。

「京都にいはったの」

驚いた顔でぎこちなく言った。

「去年転勤でこちらへ」

突然の邂逅でお互い何から話せばいいのか分からないでいる。

「貫禄が出はったね」

太ってはいないが、それなりに中年の体形になっているということだ。宮地は、高校や大学の頃は細かったから、彼女にはそう感じるのだろう。

「芝野さんも京都なの？」

あおいはそうだと応えて、学生でいっぱいになっているバス停に目をやった。

「これから家に帰るの？　適当なところまで送るよ」

「まあ、それは助かるわ」

あおいを乗せて車はスタートした。宮地はドキドキしている。はじめて話した大学生になったばかりの十九の時以来である。このチャンスを逃す手はないと思った。思い切って「お茶でも飲まないか」と誘ってみる。

「そうね、久しぶりにお話でもしたいわね」

承知してくれた。家は北大路というので、市庁舎の近くにあるホテルのラウンジに決めた。そこなら彼女は地下鉄で帰りやすいからだ。並んで座っていることが、宮地には現実とは思えない気分であった。

「確か、四つ葉銀行にお勤めやったね」

彼女が勤務先を知っていることに驚く。言ったことに恥ずかしそうな顔をした。

「昔、誰かに聞いたことがあるのよ。……名刺ちょうだい」

自らも名刺を出した。彼女から名刺を出されたことにまた驚く。高校時代は活発な女性ではなかったから、専業主婦として穏やかな日々を過ごしているものだと思っていた。あおいは、マニキュアを施した指で宮地の名刺をつまんで眺めている。

「烏丸支店にいはるの……えらいさんなんや」

そう言って微笑んだ。そうこの笑顔だ、どれだけ魅了されたことか。

彼女の名刺には「『マヌカンジェンヌ』編集部マネージャー大塚あおい」とあった。「マヌカンジェンヌ」は婦人向け服飾雑誌で、団塊世代から支持されて部数を伸ばし、今は中年になった団塊ジュニア向けで人気を博しているようだ。あおいはまさに団塊ジュニアである。

「仕事しているんだね」

「仕事をするなら実家を手伝えって旦那が言ったけど、実家って呉服屋なの。烏丸支店の直ぐ横にある京都装苑知ってるでしょ、そこなの。でもね、仕事はしたいことやからするんでしょう、したくない仕事じゃ意味ないものね。雑誌の編集がしたくて、ファッションにも興味があったから」

共働きは最近では当たり前のようになっている。彼女のように目的を持って働いている人が増えているのだろうか。日本は管理職に占める女性の割合が低いと言われているが、ただ経済的な理由だけで働いているのでは、その割合は高まらないのではないかと思った。

芝野あおい、今は大塚あおい。専業主婦ではなくキャリアウーマンになっている。夫の実家は名門呉服屋京都装苑。この会社は潰れた彩華と同じ頃の創業で業界最古参である。メインではないが取引はある。すると、あおいの舅は京都織物商工組合の理事長の大塚惣兵衛社長となる。京都の名士だ。

「宮地君のところはどうなの？」

働いていないと応える。銀行員として、朝は早く夜は遅い、家庭のことは全面的に妻にまかせていると話した。

「家事や子育て、何もしはらへんかったってこと？　半分ずつとはいかへんけど、うちはけっこうしてくれはるよ」

「職業にもよるな。激務の銀行員には無理だと思うよ」

「そうかしら、うちの旦那も銀行員よ。次男坊だから家業を継ぎはらへんかったけど」

銀行員で大塚……平安銀行の大塚の顔が思い浮かぶ。彼とは何度も飲み、親しくなっている。親友とまではいかないが、いい競争相手である。高校の名前を出してあるから彼の妻があおいなら話題になっているはず。大塚違いだ、それで銀行名を聞かなかった。

九十年代には共働き世帯が専業主婦世帯を上回ったことは知っているが、宮地の考えは違っている。子供は少なくとも中学生になるまでは母親が家にいた方がいいと思うのだ。

彼の場合、父親が安月給のサラリーマンであったが、母親は病弱ということもあって働かなかった。生活は困窮したが、母がいつも一緒にいることで「どう生きるべきか」身を持って教えてもらったと思っている。友達にそそのかされても悪い道に走らなかったのは、母親がいつも傍にいたからだと信じている。しかしそのことは話さなかった。

宮地が黙り込むとあおいが話を変えた。

「こちらへは家族で？　それとも」

「そう、単身赴任、自宅は横浜なんだ」

「それは大変ね。子供は？　うちは息子が二人、大学生になっているわ」

「うちも大学生、なったばかりで娘が一人」

車はホテルに着き、運転手には「支店に寄らずに帰る」と支店長に伝えてくれるよう言って帰した。二人はラウンジに入った。大きな窓ガラスからは広い通りが望まれ、人通りや車の騒音は聞こえてこない。あおいは遥か昔に忘れ去った女性であり、会えたことは嬉しいが、彼女の変貌ぶりに戸惑い続けている。

「ねえ、こんなこと訊いてもいいかしら。今さらだけど」

ウエイトレスが持ってきたコーヒーを一口飲むとあおいが見詰めた。宮地は頷く。

「あれから何も言ってきはらへんようになったけど、どうしてだったの」

宮地が一番気にしていたことである。それを彼女が言い出した。

彼女の存在を知ったのは高校二年になってからで、三年生では隣のクラスであった。彼女を見ると目がくらみ心ときめいた。それなのに二年間声すら掛けられなかった。校内一の美人で、男子はみな憧れていた。宮地はハンサムな男の子で人気もあったが、実家が貧乏だという劣等感があって、仲間外れになってでも彼女を獲るという勇気がなかった。

大学は自宅から通えるところしか選択肢がなく、大阪であった。彼女は京都の私学へ行った。入学すると友人から情報を集め、彼女の学生寮の住所を知ることができた。そのことに一か月かかった。それから逡巡しながらデートに誘う手紙を書くのにまた一か月かかった。ところが返事は直ぐにきた。部活のコーラスで忙しいという断りであった。

一番心配していたのは、高校時代に話したこともなかったから「誰なの？」と無視されることであったが、彼女は宮地のことを知ってくれていた。それで諦めずにまた手紙を書いた。大学生になっての生活のことなど二～三回書いた記憶がある。そしてやっと誘い出すことに成功した。

京阪三条で待ち合わせて京都市美術館で絵を見て食事、岡崎公園を散策して鴨川の遊歩道を出町柳まで歩いた。ずっとわくわくしていたのに、宮地はあおいを喜ばせるような会話ができなかった。彼女は京都の大学にいる同窓生の名前を二～三人あげて、時々食事をしていると楽しそうに語った。学費以外はアルバイトで稼がなければならなかった宮地にとっては、京都という華やかな地で学生生活を謳歌している彼女は自分がつき合う相手ではないと思った。彼女といつでも会える同窓生たちにアドバンテージを取られている上に、楽しく食事をする余裕などないと感じたからである。今にしてみれば本質的な問題ではないと思うが、当時は貧しさに卑屈になっていた。

鴨川の遊歩道を緊張して固い話ばかりして歩いた。面白味のない人物だと思われているのだろうと感じていた。二つの川が合流するところにある鴨川デルタが近くなると、もう彼女とお別れだと心が震えた。デルタでは数人の男女の学生がギターを弾きながら歌っていた。彼らの楽しそうな様子が宮地の気持ちをより一層寂しくさせた。出町柳で別れた。そこは悲しみが凝縮した場所になった。

大阪淀屋橋から京都に向かう時の幸福感は、それまでの人生で最高のものであった。帰りの電車は、振られたわけではないのに悲しく人生最悪のものだと感じていた。それで彼女にアタックするのを諦めて、次の誘いの手紙も書かなかった。次回誘いに応じてくれても、同窓生たちと同じような遊びはできない。いや、振られるかもしれない。振られる前に身を引いて想い出として自分の中に閉じ込めておこうと考えたのだ。

あおいに積極的になれなかった原因を全て貧乏に持っていって、悲しみを慰めていた。将来は豊かになろう、その時決心した。たまたま就職した銀行で頑張って今日の地位を築いている原点はそこにある。

あおいが「あれから何も言ってこない」と言うのは、一度誘っておいてその後手紙を出さなかったことを問うているのだ。あおいは自分のことなど何とも思っていないだろうと考えて自ら身を引いて忘れるようにしていたが、彼女は覚えていた。

一度誘っておきながら、後はなしのつぶて。それは失礼なことをしたんだと気付いた。彼女が覚えていたのは好意を持っていたからではなく、二度目の誘いがなかったことを宮地が振ったと解釈したからなのだろう。あおいは人生において振られたことなどはなかったはずだ、それが特に好意を持っているわけでもない男から振られたような形になってしまった。この彼女の悔しさが「何も言ってこない」ことを忘れさせていないのだと宮地は思った。

「勢いに任せて手紙を書いたけど、相手にされてないと感じて身を引いたんだ。きちんと気持ちを話すべきだった、ごめん」

頭を下げる宮地をあおいは黙って見詰めていた。彼女はどう思っているのだろう、宮地は顔を上げた。沈黙がしばらく流れた。

今では仕事での押しの強さは誰にも負けないと自負しているが、あの頃は軟弱だったんだなあと宮地は遠い目をしている。

「相手にしなかったって記憶はないけど……若さって、色々難しいのね」

あおいはため息をついた。そして気分を変えるように話題を日常のことに振った。

「お仕事は順調？　京都は何かと難しいでしょう」

「同じ関西人でも大阪とずいぶんと違う、東京勤務ばかりだったから戸惑うことが多いよ」

そう言ってから、誰かに聞いてみようと考えていたことをふと思い出して訊いてみた。

「町名がね、横の通りの名前が分かりにくくってね」

「それならいいのがあるわよ。『まる　たけ　えびす　に　おし　おいけ　あね　さん　ろっかく　たこ　にしき……』京のわらべ歌を覚えればいいわ」

北から順に丸太町通、竹屋町通、夷川通、二条通、押小路通、御池通、姉小路通、三条通、六角通、蛸薬師通、錦通などと、通りの名前をわらべ歌にしてあるのを教えてくれた。節をつけて二〜三回まねてみると覚えられた。和やかに時間が流れた。十九の初夏には会うことだけで緊張した相手に、今日は親し気に話せるなんて不思議な気がする。仕事を通じて人生に自信ができているからであろうか。

「支店は呉服の街にあるんでしょう。きものの勉強しはった？」

「まだよく分からないね」

そう……とあおいはしばらく考えていた。

「室町御池のニシキを紹介してあげる。西陣織が中心だけど、きものの美術館を持ってはる。一度見はったらいいわ。何度も取材しているの」

「近くなのに知らないな」

あおいはその場で電話をした。

「西木社長は忙しい人やけど、来月の十五日なら空いているから会ってくれはるって」

「ありがとう、僕の方はいつだってかまわないよ」

「アッちょっと待って、十五日は葵祭やないの」

「都合が悪ければ、いいよ。自分でアポ取って訪ねるから」

呉服屋に興味がないから、社長に会えないことはかまわないが、彼女にまた会える機会がなくなることが残念だった。

「葵祭見たことある？」

ないと答えると、あおいはまた少し考えた。

「それなら葵祭を一緒に見ましょ。時代行列が下賀茂に到着するのは確か十一時半頃やから、その後ニシキへ行けばいいわ。それでよかったら西木社長のアポ取ってあげる」

宮地が頼むと言うと、彼女はその場で西木社長のアポイントを取ってくれた。

「単身寮はどこなの」

「叡山電鉄の一乗寺」

「だったらちょうどいいわ。出町柳の駅で待ち合わせましょう」

あおいの口から出町柳の名前が出て、宮地の心がズキンと痛んだ。彼女と別れた悲しい想い出の場所なのだ。そこでまた会うという、複雑な気持ちであった。

「十一時でどうかしら。そこから二つの川に架かる……河合橋だったかしら、そこから行列を見ましょう」

御所辺りでは混みあって見にくいからそこがいいのだと説明して、昼食をとってからニシキに行けばちょうどいいと言った。彼女とまたデートができる、宮地は突然訪れた幸せに興奮を抑えきれないでいた。「これでいいでしょう」

とあおいが微笑んだ。そうだ、昔と変わらないこの顔だ、どれだけ惹かれたことか。これまで見せたことのない嬉しそうな顔で宮地が応えた。それから二人は電話番号とメールアドレスを交換した。

ホテルを出ると、街は黄昏を迎えていた。地下鉄の駅で二人は別れた。

出町柳の駅前であおいが待っていた。白いパラソルを上げて合図する。今日の装いは、裾をペールトーンでカラーブロックした濃紺のプリーツ仕立てのワンピースであった。アクセントのように幅広の紐を腰に巻き付けている。空は五月晴れであった。

既に加茂大橋から葵橋の方は見物客でいっぱいであった。二人は河合橋に並んで行列を待った。汗ばむ暑さであった。この後ニシキの社長と会うから宮地は背広姿である。

「ゴールデンウイークはどうしはったの」

「飛び石になっていたから海外は無理で、北海道へ家族旅行」

「そうよね、うちも一緒。沖縄に行ってきたわ」

やがて行列がやって来た。先頭は騎馬隊で、左右各三騎が勇ましく蹄の音を立てている。そして検非違使や山城使などが続き、あれが祭りの主人公である近衛使だとあおいが説明する。斎王代列の場面になると華やいだ雰囲気になった。輿に乗った斎王代は、この暑さの中で十二単《じゅうにひとえ》は大変だろうと思う。あの輿を腰輿《およよ》と言うのだとあおいがまた説明する。

「よく知っているね」

「こう見えても文学部史学科よ」

ウインクしてから笑った。

古代では、祭りと言えば葵祭を指す。この祭りの一部である露頭の儀、王朝絵巻そのものの時代行列を見て宮地は満足であった。祭りへの感激ではなく、あおいと一緒にいるからである。この後ニシキに行くことなんかどうでもよかった。彼女との出会いは日々の激務へのご褒美だと思っている。

行列は糺《ただす》の森に入って行く。それを眺めていると宮地に悲しい想い出が蘇ってきた。今では全てを口ずさむことはできないが、薄田泣菫《すすきだきゅうきん》の詩集『白羊宮《はくようきゅう》』の中の『望郷の歌』が好きなのだ。「わが故郷は、……葉びろ柏は手だゆげに、風に揺らゆる初夏を、葉漏りの日かげ散班《ばらふ》なる紅の杜《もり》の下路に、葵かづらの冠して、近衛使の神まつり……」

あおいとはじめて会ったのは六月であった。初夏の風が吹き抜け、木漏れ日が地面に斑点を作っているであろう糺の森を彼女と歩きたかった。糺の森に行こうと言う前に、鴨川デルタの楽しそうな風景とわが身の悲しみとのギャップに言葉が出ず、出町柳で別れてしまった。

「糺の森……」

呟いただけで、そこへ行きたいと今日も言えなかった。

（五）　三方よし

　きものの美術館は御池通に面したニシキの本社の一階にあった。あおいが「同級生」だと紹介して宮地が名刺を出すと、西木喜左衛門社長はちょっと複雑な顔をした。コネを使っての銀行取引の勧誘だと思っているのだろうと宮地は感じて「今日はきものの勉強にこさせてもらいました」と意図をはっきりと述べた。西木に笑顔が戻る。

　ニシキは、帯を中心に呉服、装飾品、洋服などの販売、賃貸ビルの経営も行っている。業績もよく、美術館は社会貢献活動のようだ。宮地はあらかじめこの程度のことは調べてある。今日の目的はきものの知識吸収のためではあるが、本音はあおいと会うことであった。

　ガラス張りのショーウインドーには、室町・安土桃山時代から江戸時代にかけての有名画家の作品をモチーフにした絵が、帯や掛け軸、屏風として西陣織で描かれている。狩野永徳の「松鷹図屏風」を模して織り込まれた帯地がはじめにあった。その絢爛優美さに宮地は目を見張る。

「九色の経糸《たていと》を左から右にグラデーションして段々と色に深みを持たせてますのや」

西木社長が説明し、これは丸帯で、西陣織でこういうことができるのだと自慢する。俵屋宗達の「風神雷神図」や広重の「名所江戸百景」より「大はしあたけの夕立」なども織物で模写されている。隅田川に架かる「大はし」（現在の新大橋か）を雨の中両岸へ急ぐ町人の様子が描かれており、この原画はゴッホが油彩模写したとも言われている。日本画だけでなく、モネの「印象　日の出」もあった。

「西陣織の技術はすごいでっしゃろ」

お茶が出され、ソファーに座ってもまだ感心している宮地に西木が笑顔を向けた。きものの美術館というからには、振袖、訪問着、留袖などの時代の変化に伴う移り変わりや最新作の展示だと思っていたら西陣織の技術の素晴らしさを知らしめるものであった。

「応仁の乱が治まって、西陣織の技術が丹後地方に持ち込まれ、丹後が『丹後ちりめん』というブランドを持つ国内最大の絹織物産地になりましたんや」

西木の説明が続く。丹後ちりめんは白生地として京都に出荷され、染色されて反物になる。絹糸を染めてから織られる西陣織には緞子《どんす》、綴織《つづれおり》、絣織《かすりおり》、紬《つむぎ》などの十二種の伝統工芸品がある。きものの生地や帯などの織物が出来上がるまでたくさんの工程があり、大部分は個人や中小企業がそれらを担っている。そして、その技術を絶やさないように彼らは必死で家業を継承している。丹後でも西陣でも、機屋の息子たちは安い賃料で貧しい生活をするより、サラリーマンになった方がよほど楽だと思っている。それでも親から受け継いだ技術に自信と誇りを持って仕事をしている。室町の呉服屋も染屋も同じである。

これらの技術が途絶えると、きもの産業が立ちいかなくなる。だからこれらの技術を世に知らしめるために美術館を作った。西木はそんな説明をした。

サラリーマンになった方がよほど楽……この言葉が宮地に刺さった。伝統産業を支える職人たちは裕福になるより、伝統技術を守り継承する道を選んでいる。俺は何を守ろうとしているのか。豊かになるために早く支店長になりたいという自己の栄達しか考えていないではないか。伝統産業への融資のウエイトを減らすのは銀行の利益のためでしかない。俺が守ろうとしているのは銀行の利益でしかないのか。

自分がやろうとしていることは、丹後や西陣、室町の人たちがそれぞれの段階で必死に守ろうとしている伝統産業を銀行が潰してしまうということではないかと感じ始めた、そして山村の話を思い出した。京都はカタツムリのように少しずつ変わっているという話を。宮地はこれからどうすればいいのかじっくり考えなければならないと思った。

思い詰めたように黙り込んだ宮地を気にしながらあおいは展示品を眺めていた。

「うちは近江商人の出ですよって、三方よしの精神で経営してますねん」

最後にそう締めくくった。三方よしとは近江商人の哲学で、「売り手よし」「買い手よし」「世間よし」という意味で、宮地も知っている。商売をするに当たり、自社の利益だけでなく、顧客の利益も考えなければいけない、また世の中の役にも立たなければならないということで、宮地もそう考えて行動しているつもりである。日本で最初の銀行を作った渋沢栄一も『論語と算盤《そろばん》』で同じような趣旨のことを言っている。

最近銀行は支店の統廃合を繰り返している。これは銀行の経費削減のためであり、顧客が不便になることを考えていない。ATMが残るとはいえ、支店がなくなり顧客がどれだけ困るかは考えていない。ここにも大きな課題がある。

京都に赴任して一年弱、頑張る方向が間違っていたのではないかと思い始めた。偶然あおいに出会っても、西木喜左衛門を紹介されていなかったら、過去の想い出に浸るだけに終わっていただろう。あおいとデートのついでにきものの勉強と考えていた浮ついた気持ちが吹っ飛んだ。

ニシキを出るとあおいにお礼を言って別れた。もう会えない気がしたが、学生時代に出町柳で別れた時のような悲痛な寂しさはなかった。夕暮れの空はまだ明るかった。

大阪淀屋橋にある大阪支店での近畿ブロックの副支店長会議を終えた宮地は、お初天神の境内で親友の庄司を待っていた。黄昏れゆくこの時間帯が好きであった。忙しかった一日も無事に終わり、ホッとして心が穏やかになっていくからである。

お初天神は菅原道真ゆかりの神社で、正式には露天神社《つゆてんじんしゃ》という。江戸時代に近松門左衛門が書いた人形浄瑠璃「曾根崎心中」のヒロインお初にちなんで、お初天神と呼ばれている。

五月下旬の風は湿り気を含んで生暖かい。これから飲みに行くのだろう、仕事帰りのサラリーマンの群れが騒がしく通り過ぎて行く。十分ほど待った頃に、やっと庄司がやってきた。手を挙げて合図をしてから遅れたことを詫びた。京都に赴任した時に連絡はしてあるが、会うのは今日がはじめてであった。庄司は全国紙の大阪本社で社会部記者をしている。彼も忙しいのだろう。

神社の北側に繋がる大きな商店街には向かわず、境内を突っ切って飲み屋街のおでん屋に入った。庄司の馴染みの店のようだ。カウンターだけで、年配の女将が一人で切り盛りしている。他に客はいなかった。

社会人になってからは年に一～二回会う程度であったが、ここのところ三年は会っていない。ビールで乾杯をしてからお互いの近況を語り合った。

「この前、芝野あおいに会った」

九州の佐賀から取り寄せたというざる豆腐を味わってから、宮地は嬉しそうに言った。

「おいおい、まだ彼女のことが忘れられないのか」

四角い顔を歪ませながらからかった。

「そういうことじゃないよ」

偶然出会ってお茶を飲んだだけだと説明する。葵祭を一緒に見たことは言わなかった。

「相変わらずきれいだったろう」

そうだったと頷くと、庄司は三年前に彼女に会ったと話した。彼は同じクラスであった。

「卒二十五年ということで同窓会があった、案内はあったろう」

「あった、東京にいて出席する時間がなかった」

「その同窓会で彼女と会い、お前のことを話しておいたぞ」

四つ葉銀行に勤めていることをあおいが知っていたのは庄司が話したからなのだと分かって、気に留めていたからではなかったのだと思うとちょっとがっかりした。

「おしゃべりでお節介焼きな女がいたろう。上野山、覚えているか」

その上野山が同窓会の席で庄司を捕まえて宮地のことを訊いたらしい。

「宮地君は喜多さんと結婚したのかってさ。違うよ、同窓生じゃない人だと言っておいた。あいつもお前に気があったんだな」

喜多洋子はあおいに劣らず美人で、男子からつき合いの申し出が多かった。

三年間同じクラスであった宮地は、その都度「つき合うかどうか」相談されていた。傍目には恋人同士のように見えたかもしれないが、お互い友人以上の感情はなかった。そのことは庄司も知っている。

「その時芝野が横にいて、宮地君はどこにいるのって訊いたんだ。彼女の口からお前の名前が出て驚いたよ。話したこともなかったんじゃないのか」

「その通りだよ」

「本当かよ……」

何かを隠しているなという顔をしたが、それ以上追求してこなかった。あおいの学生寮の住所を調べてくれたのは庄司であるが、彼には「振られた」としか話していない。

「年末に白井が支店に来たよ」

思い出したように話を変えた。庄司はコンニャクを味わいながら焼酎の水割りを飲んでいる。宮地はまだビールであった。

「そうか、元気だったか」

「お前に紹介された会社を辞めてアルバイトをしているらしい」

「金でも借りにきたんだろう」

「銀行は生活保護費を貸すところじゃない」

「友達としては冷たい言い方だな」

コンニャクの次にダイコンをくわえて熱そうに口を膨らませて言う。

「奴の方が友達らしくなかったよ」

身なりや威嚇するような態度であったことを説明する。

「俺のところにきた時もひどいかっこうだった。たまたま求人を頼まれていた会社があったので紹介したが、やっぱり勤まらなかったか」

庄司もその会社の中身を知っていた様子である。宮地はあの後、四つ葉銀行の取引のある支店に聞いてみた。大きなノルマを課された営業マンが次々と辞めている。それで常時採用を行っている、いってみればブラック企業だ。

「早く仕事を見つけろと追い帰したんだろう」

子供の頃からの友人である、宮地のことはよく分かっているようだ。

「白井も社会の犠牲者だよ。彼だけが悪いんじゃない」

「世の中のせいにしたって何の解決にもならない。まともに生きようという努力がない」

ビールをグイッと飲み干すと、宮地もダイコンをかじった。ほんのりとした苦みが口中に広がる。

「お前は勝ち組だからそんなこと言えるんだ。ある日突然会社が倒産して失業する。しかし就職先が中々見つからない。努力だけではどうにもならない現実がある。そういう苦しみに喘いでいる人もいる。いや、大勢いるんだ。白井もその内の一人だよ」

友達だと思っていたから白井は生身の自分をさらけ出していたのか、宮地はさえない白井の顔を思い浮かべた。

「だいたい、大企業は派遣労働者や季節労働者といった非正規労働者を雇用の調整弁にしている。デフレが続いて雇用が増えないから非正規労働者ばかりが増える。格差が拡大するばかりだ」

バブルが弾けてから今日に至るまで需要が伸びないから経済が低迷しデフレから脱却できないでいる。失われた三十年と言われているが、企業が雇用、設備、債務の「三重苦」に喘いでいる中、被雇用者六千万人中二千万人が非正規労働者である。

「安い賃金で働かせて、大企業はもうけているんだろう」

「利益が出ているのは業容の拡大ではなくて、コストカットのお陰だよ。問題なのは、そのコストカットが自社だけにメリットがあり、顧客には不便なことになっていることだ」

そう話しながら、宮地は西木社長が言う「三方よし」の近江商人の哲学を思い浮かべていた。もうけるためには何をしてもいいのではなく、そこには企業も社会的存在であるという限度があるのだと宮地は考えている。

「よく分かっているじゃないか。お前は努力して今日の地位を得た。しかし、努力してもそうならなかった人たちのいることも忘れないでほしいね。もうけること、豊かになることだけが全てではないからな」

庄司の言葉に西木社長が言った「サラリーマンになった方がよほど楽」と西陣織の職人の話が蘇った。自分とは違ったことに人生の価値を持っている人たちがいることをこの前知ったのだ。誰もが違う価値を求めて努力している。

市場経済という競争社会の中で勝ち残るために、淘汰されないようにしなければならない。市場から見放されたものは退場である。呉服などの伝統産業はその退場組だと考えていた。しかし、そうだろうか。市場から見放されて消えていく業種の中から必死で生き残りを模索している企業があることをこの一年で知った。西山織物や竹田工業がそうだ。

その彼らが生き残れるのは、彼らの技術の源流として伝統産業があるからなのだと気付いた。呉服の市場は小さくなってはいるが、無くなってしまうものではないし、無くしてはいけないものだ。存在意義はある。それを不良債権になるからと銀行の「勝手」な論理で淘汰していいものではないと思った。

栄達だけを考えている自分に比べて、伝統技術を継承していこうとしている西陣織の職人の意気込みが何と崇高なことか、この前ニシキで感じたではないか。銀行で何のために仕事をしているのか、宮地は改めて悟った気分になった。

「価値観の多様化だろう。だけどな、豊かな生活があってこそ余裕が出て色々な考えが出てくるんだ。貧乏の惨めさを知らない奴には分からないだろう」

気持ちを素直に出せずに宮地はそんなことを言った。

「お前はそれでいいだろう。世の中にはそうでない人がたくさんいることを分かってもらえればいい。お前と議論しても仕方がない」

宮地の気持ちが分かっているのだろう、「そろそろ酒にしたらどうだ」と言ってから女将に灘の酒の名前を告げた。

宮地は確信していた。銀行も民間企業であるから全ての企業を支えることはできないが、今まで考えていたように、単純に呉服などの伝統産業への融資を減らすのではなく、生き残ろうとしている企業を支え、新しい分野に向かおうとしている企業を応援することが銀行の仕事であり、それをするのが自分の仕事だと。

（六）　波乱の予兆

単身寮の窓から見える青空に入道雲が真っ白な姿を立ち昇らせていた。食卓には焼きほぐした鱧の身をきゅうりと合わせた酢の物が添えられている。宮地は、昼食のソーメンを食べながらこれからの仕事の進め方を考えていた。

あれから宮地は山中支店長をニシキに連れて行き西木喜左衛門社長に会わせ、呉服や帯などの業種の産業構造を理解してもらった。そして、伝統産業への融資を単純に減らすという方針を変更する承諾を取った。とはいえ融資に占める伝統産業の割合を下げるのは本部の方針であるから、そこをどうするのかという課題が残る。

これについては、伝統産業といっても変わりつつあり将来性のある企業もあるから、生き残れる、生き残る努力をしている企業に絞って融資をする。そして今頑張っている新規融資先を増やせば相対的に伝統産業のウエイトが低下する。伝統産業のウエイトを低める目的は、呉服などは衰退産業で不良債権になりやすいからであって、伝統産業そのものが悪いわけではない。また無くなってしまうものでもない。宮地はそう本部を説得しようと考えた。

このことについては具体的に動き始めていた。呉服業全社から今後の見通しをヒアリングし、業績の悪い先には経営計画を求めている。今頑張るだけでなく、将来に亘り生き残れる策を求めたのだ。妥当な計画を持っている先は支援をすることにした。自社の将来に不安を持ちながらも打開策を持たない企業には今後の融資はできないとした。

したがって、融資を断る先もいくつか出てきた。「貸し渋り」だと騒がれるようになったが、伝統産業を助けたくても、自社の将来への展望を持たない先までは銀行として支援できないのだ。これは伝統産業に限ったことではない。

街では鉾建てが始まり、祇園祭が本番を迎えようとしていた。山鉾巡行の少し前になると、山鉾町では家の表に先祖伝来の屏風や調度品、美術品などを並べるから「実家の京都装苑に見に行けば」とあおいからメールが入っていた。今年はテレビではなく、直接祇園祭を見ようと宮地は考えていた。

教えを乞うために通い詰めた結果、ニシキへの融資ができるようになった。経常運転資金三億円の案件を審査部に送ると、審査役に否決された。それで直接説得するために宮地は本店の審査部を訪れた。山鉾巡行の日であった。祇園祭を楽しんでいる場合ではなかった。

「呉服屋にこんなに融資して、伝統産業のウエイトを下げる課題と矛盾しないか」

業績面では問題のない企業だから、審査役はそんなことを言い出した。

「江戸時代創業の呉服屋ですが、今や洋服、下着、装飾品の販売も行っており、東京・名古屋・大阪で賃貸ビルの経営もしています。収益に占める呉服の割合は少ないのです」

宮地は、単純な呉服屋ではないんだと説明してから、

「支店の課題はきちんと受け止めて日々そのために活動しています。営業活動にまでくちばしを挟まれることはありませんが」

与信判断が審査部の仕事で、営業活動を指揮、コントロールするのは営業推進四部である。そう反発して、審査役を押し切って承認させた。今回も宮地は強気であった。

その後営業推進四部に行き、伝統産業のウエイトを下げる方針変更のアドバルンを上げて感触を探ろうと思った。担当と話していると山中支店長から電話が入った。

「彩華の村治太一郎氏が昨夜亡くなったらしい。お通夜は明日、葬儀は明後日ということだ。頭取に至急報告してくれないか。営業推進四部にも頼む。京都支店長には私が話した」

村治太一郎を直接は知らない。山村の顔が浮かんだ。京都織物商工組合の理事長を長く務めた人物で、山中が頭取に報告と言うくらいだから個人的な繋がりでもあるのだろうか。室町筋への対応を再考して再スタートしたばかりである、そういう重鎮がいなくなると室町筋に何か大きな動きが出てくるのではないかと宮地は胸騒ぎした。

葬儀は京都織物商工組合の組合葬になり、四つ葉銀行からは本田頭取、大阪駐在常務の諏訪、執行役員の安井京都支店長、山中支店長、宮地らが列席した。山村の姿もあった。かつての取引先の社長や銀行の役員などが駆け付け、葬儀は盛大なものになった。

大塚雅彦は考えていた。自分が勤める平安銀行が室町筋から撤退するのではないかと以前から心配していた。それが村治太一郎の死去によって現実のものになろうとしているのではないかと思うのである。その根拠は数年前の彩華への対応にある。メインバンクの四つ葉銀行が人まで送り込んで再建しようとしていた彩華への融資をサブバンクの平安銀行が応じなかった。それで彩華は倒産した。

その頃、呉服屋の倒産が頻発していた。平安銀行は戦後創業の銀行で、伝統産業を営業基盤にしていなかったが、それでも相当の不良債権を作ってしまった。それでこの際、伝統産業の中心である室町筋から撤退しようと考えた。その取っ掛かりとして彩華を選んだのだ。業界最大手で最古参であるが、業績のよくない彩華への融資を止めることで室町筋からの全面撤退の意思表示をしたつもりであった。

ところが、経済界からの風当たりが想定以上に強く、その時は室町筋からの撤退を諦めざるを得なくなり、彩華の倒産だけに終わってしまった。しかし平安銀行は室町筋からの撤退を諦めてはいないと大塚は考えている。戦後平安銀行が創業した頃は伝統産業の全盛期で当行は相手にされなかった。それで、当時の中小の製造業との取引が中心にならざるを得なかった。ところが日本経済の高度成長期を経てこれら中小の製造業が大企業に発展し、平安銀行の営業基盤も盤石なものになり、今では日本有数の地銀になっている。そして呉服などの伝統産業は衰退して不良債権予備軍になっている。だから、タイミングを計って室町筋からの撤退を行うのではないかと大塚は考えるのだ。

そのタイミングが「村治太一郎の死」ではないかと思えて仕方がないのである。

ずいぶん昔、四つ葉銀行西陣支店がメインバンクである帯屋が粉飾決算をしていたことが発覚して倒産した。人まで派遣していたのに粉飾決算を見抜けず、西陣の各社に多大な迷惑を掛けた。それにも関わらず四つ葉銀行は責任を取らなかったという事案があった。西陣や室町で西陣支店との取引解消の動きが出た。それを、説得して騒ぎを止めたのが当時京都織物商工組合の理事長であった村治太一郎なのだ。四つ葉銀行は村治に大きな恩義がある。だから倒産寸前の彩華に人まで入れて再建しようとした。その村治が亡くなった。

四つ葉銀行も呉服などの伝統産業はお荷物だと考えているはず。村治太一郎の死去で室町筋への支援のタガが外れたのではないか。四つ葉銀行の室町筋からの撤退が始まるのではないか。一方で、雌伏の時を重ねている平安銀行は、四つ葉銀行の動きを待っているのだと思う。世間の批判の風が四つ葉に向いている間にこっそりと、あるいは批判を受けても半分だと割り切って堂々と室町筋からの撤退をするのか、大塚はそんなことを考えていた。撤退とは、室町筋の企業に今後融資をしないで回収を図るということである。

大塚雅彦がこんな心配をするのは、彼の実家が京都装苑で、社長は父親の大塚惣兵衛で、兄の嘉彦が専務であるからだ。業績は順調で、本来なら何の心配もいらないのであるが、銀行の戦略で潰されてしまうかもしれないと考えているのだ。雅彦は平安銀行の営業三部長という幹部であるが、実家が呉服屋であるため、伝統産業の担当をずっと外されている。したがって、社内情報も簡単に入ってこないのだ。

実家を守るためにどう対応するかを考えた時に浮かんだのが宮地である。四つ葉銀行が室町筋から撤退するとしても、宮地なら生き残れる呉服屋は助けてくれるのではないかと思うのである。最近ニシキへの融資も実現させている。京都装苑は生き残れる呉服屋である。危険な賭けではあるが、四つ葉銀行が動き始める前に、平安銀行から四つ葉銀行に乗り換える策しかないのではないかと結論を出した。

しかしためらうところがあった。妻あおいと宮地のことである。仕事ができる男であることは間違いないが、本当に信頼できるのかと思うのである。彼とはじめて飲んだ時、あおいと高校の同学年だと知った。校内一の美人とハンサムな男、三年間二人がどういう関係にあったか想像して嫉妬の気持ちが出た。だから妻のことは話題にしなかった。

その後、馴染みの飲み屋の女将から、車から降りた二人がホテルに入って行くのを見掛けたと聞いた。同窓生がたまたま出会ったのではない。どこかで待ち合わせてのことだとすると、未だに連絡を取り合う仲なのだ。あおいの口から夫が平安銀行に勤めていることを聞いているにもかかわらず彼は知らんふりをしている。やはり信用できない男ではないか。二人の関係をあおいに確かめられずに苦悩していた。

何度も何度も考えを巡らせてから、今は緊急事態である、個人の感情を押し殺してでも父親の会社を救わなければと雅彦は苦渋の結論を出した。

葬儀からしばらくして、宮地は大塚に呼び出されて、木屋町のいつもの居酒屋で会った。

「以前、呉服屋でも生き残れる先には融資をすると言うてはったね」

世間話をした後で、大塚が切り出した。確かにそんな話をしている。

「京都装苑の今回の仕入れ資金、平安銀行分を御行で融資しませんか」

きものの売上は秋から冬が本番。仕入れは夏から始まる。従来その仕入れ資金はメインバンクの近江銀行が三分の二、サブバンクの平安銀行が三分の一となっている。融資順位三番の四つ葉銀行には割り当てがなかった。この平安の分を四つ葉が取り扱い、以降同じことを繰り返してサブバンクにならないかという意味であった。

「平安銀行のあなたがどうして、そのようなことを」

宮地は理解できなかった。何を企んでいるのだろうと大塚を睨み警戒する。

「村治太一郎氏が亡くなって、平安銀行が室町筋から撤退するから京都装苑を助けてやってほしいのです」

少し考えてから大塚が驚くべきことを言った。あおいの夫は銀行員で実家は京都装苑、ということは……宮地はまずそちらが気になって不愉快であった。黙り込んだ。

「実家なんです。親父の会社を助けてやってほしいのです」

やはり大塚雅彦はあおいの夫だったんだ。はじめて飲んだ時に出身高校が話題になったのに「妻と同窓ですね」くらい話してもいいはずなのに、どうして？　信頼できる人物だと思っていたが、裏表があるのか。些細なことであるが疑念を持った。

「平安銀行が室町筋から撤退するって、どうしてなんですか？　それにそんな重要なことを競争相手の私に」

個人の感情を抑えて冷静に訊いた。

「機密事項ではなく、私の推測です。実家を助けるために……競争相手であっても宮地さんは信頼できる人やと思いまして」

大塚は説明を始めた。平安銀行は伝統産業に営業基盤がなく、衰退している呉服業などからの撤退を早くから考えていた。彩華への融資を突然切って撤退をスタートさせようとしたが、世間の批判を受けてストップしている。ここまでは事実であると話した。

話に嘘やごまかしがないか、宮地は厳しい視線で大塚を見詰めている。以前に山村から聞いた話と矛盾がない。頷きながら聞いた。

「ここからは私の推測です。平安銀行は撤退を諦めたのではなく、タイミングを計っている。村治氏の死去がそのタイミングだと私は思うのです」

村治の死去がトリガーになり四つ葉銀行が動くのを待って平安銀行が動くという考えをショートカットして大塚は話した。

「銀行の戦略を営業三部長の要職にある大塚さんが話していいのですか」

室町筋から撤退するという重大な戦略を、いくら仲がよくても競争相手に話すなんて信じられなかった。何か裏があるのではと疑った。

「ですから、これは私の推測です。実家の家業を助けたいために危険を顧みずお話ししているのです。撤退する先に他行の融資を誘導しても平安銀行への背任とは思えません」

平安銀行では京都装苑が実家だということは既成事実となっているから、担当するのは呉服以外の部門ばかりであった。したがって噂は聞こえてきても、室町への対応の正確な情報は入らないのだと説明した。

宮地は混乱していた。大塚の説明は筋が通っているが理解できないところがある。四つ葉銀行の室町筋からの撤退を待って平安銀行も撤退すると言うが、その撤退する四つ葉銀行にわざわざ融資取引を移すのは大きな矛盾ではないか。そこを訊いてみた。

「だから大きな賭けなんです。いや賭けだなんて言ったら失礼ですね。宮地さんのお力を信じて……」

あおいのことでいままでの信頼が崩れようとしている自分を、彼は信じると言う。

「四つ葉銀行が室町筋から撤退するとしても、宮地さんが考えておられるように、生き残れる呉服屋には従来通り融資を続けてくれるだろうという賭けです。

宮地さんならそうしてくれると信じているからです」

「そうですか、以前お話ししました通り、呉服業は衰退産業だから融資を全て止めるといった考えは私にはありません。銀行として本来の役割を果たしていきたいと考えるからです」

大塚の案に危うさを感じるが、こちらを陥れる目的はなさそうである。当行として室町筋への融資を大幅に縮小しようと考えていて、将来の見通しを立てられる先を除いて呉服業への融資を止めるという動きを既にしている。しかし、室町筋から全面的に撤退するとは考えていなかった。それで大塚の案に乗ろうと思った。ただこの話は一人で判断するには重すぎる。

「分かりました。支店長に話し、京都装苑からも聞き取りをした上で正式に返事します」

二人はほとんど飲むことなく別れた。

（七）　撤退と廃店

後祭りの山鉾巡行の日に、宮地と山中支店長は大阪駐在常務の諏訪に呼び出された。常務の部屋は大阪支店の三階にある。階段の途中で西陣支店長の佐々木とすれ違った。彼も呼びつけられたか、何か報告にきたのだろう。お互い軽く会釈して通り過ぎた。

部屋に入ると執務机から立ち上がった諏訪が二人にソファーに座るように言った。秘書がコーヒーを淹れる。運動は接待ゴルフくらいなのだろうか、太り過ぎた身体をソファーに沈めてコーヒーを飲んだ。

「祇園祭も終わりだな」

顧客の前では笑顔を絶やさない諏訪は、部下にはいつも不機嫌な顔でいる。

「烏丸支店の喫緊の課題は、伝統産業のウエイトを下げて新規融資を増やすことではなかったか。それなのになぜ呉服屋への融資を増やしているんだ」

厳しい視線が山中支店長に向けられている。宮地が説明しようとすると「支店長に訊いているんだ」と睨まれた。ニシキに三億円融資してから京都装苑にも同額の融資をしている。こちらの方は山中支店長と相談して「生き残れる、間違いのない先」として大塚案に乗って、審査役をも押し切っている。

「呉服屋は明治の支店創設以来の取引先が多く、急な方向転換は難しいのです」

「そのために宮地君という融資のベテランを入れたのだ。呉服屋への融資はけっこう断っているようだが、一方で大口の融資もしている。話にならん」

一社ごとに将来への対策を聞いて、芳しくない現況を打開する計画や意欲のない先には融資を断っている。「貸し渋り」という非難も出ているが、生き残る意欲と努力をしている先には融資を継続している。

「伝統産業と言いましても色々あります。生き残れる企業を選択して支援しています。今後呉服以外の新規融資を増やしていけば伝統産業のウエイトは相対的に低くなります」

呉服屋も大事な取引先だと宮地が強調する。

「そういう問題じゃないんだ。銀行の基本方針は室町筋からの全面撤退だ」

「全面撤退？」

山中と宮地が声を揃えて驚く。そして山中が言葉を強めた。

「室町筋の伝統産業への融資を今後は全て止めるというのですか」

「衰退する伝統産業のウエイトが高くて支店の収益が上がらない。そのことを改善するためにウエイトを下げろと指示してある。支店長が言うように、室町筋という古い体質の中では急な改善は難しかろう。だから君らのしぶりを眺めていたんだ。ところがチャンスが到来したんだよ。室町筋の重鎮が亡くなった。だから計画を一気に進める」

村治太一郎の死去をチャンスだと捉えている。大塚はピンチと考えて京都装苑への融資を提案してきた。伝統産業全体のことを考えれば、室町筋からの撤退は認められない。宮地は噛みつくように反論した。

「伝統産業は衰退するだけでなく、少しずつ変わって生き残り、新しい産業に成長しようとしています。それらの企業を支援して育てるのが銀行の役割だと思います。それに、呉服屋も全てなくなるのではなく、生き残る先もあります。そこは支援すべきです」

「屁理屈はもういい。よく聞け、改めて指示をする。室町筋及び西陣からは全面撤退する。そして同時に西陣支店は廃店とする。これが銀行の基本方針だ」

宮地と山中は目をむいて顔を見合わせた。

先ほど西陣支店長とすれ違ったが、彼は廃店のことを言われたのだと分かった。

「村治氏に恩義があるから、再建のエースと言われる山村さんを派遣して彩華の再建に銀行として尽力したのに、亡くなった途端に室町筋を見捨てるのはあまりにもドライ過ぎるんではありませんか」

宮地は必死であった。常務は室町筋の反発まで考えているのか疑問であった。

「いいか、一介の副支店長が銀行の方針を云々するんじゃない」

怒鳴りつけた。彩華の件は、いくら再建のエースでも不可能だろうと銀行は考えて山村を派遣した。彼は捨て駒であった。銀行として最大限の支援をしたが再建は不可能というシナリオであった。ところが山村は実行可能な再建計画を画いた。それで仕方なく再建に向かったが、思わぬところで平安銀行が融資を止めたために再建できずに倒産したのだ。つまり元々四つ葉銀行は室町筋から撤退したかったのだ。このことは山中や宮地は知らない。常務の諏訪はそれらの経緯は知っている様子であった。

「西陣支店の廃店も以前から決めていた。村治氏が睨みをきかせているうちはできなかっただけなんだ。本来の既定路線だよ。西陣では都市銀行と言われた頃から他行は廃店している。残っているのはうちだけだ。ＡＴＭを残すから問題ないだろう」

地域の事情や顧客の利便性などに関係なく、自行の都合だけしか考えていない。銀行としてこのような行動でいいのだろうか。宮地は銀行の対応に不信感を持った。そして、ふと大塚のことを思った。彼の読み通り、村治太一郎の死去で四つ葉銀行が動いた。京都装苑への融資は実現しているから同社は今のところ安泰である。

しかし、宮地は呉服などの伝統産業との取引縮小に動いてはいたが室町筋からの全面的な撤退までは考えていなかった。そこに考えの甘さがあった。撤退となれば、いずれ京都装苑への融資も続けられなくなる。ましてや、平安銀行も室町筋からの撤退を始めると取引の解消も本部から迫られる。他の呉服屋も同じである。これらの伝統産業を守り切るのは宮地の手腕にかかってくる。想定以上に厳しい状況になるのだ。

大塚は言葉通り宮地に大きな賭けをしたのだ。彼だけのためではない、伝統産業を守るために常務に従うことはできないと強く思った。ただ自分一人ではどうすることもできない。支店長の山中の協力が必要である。だが、巻き込んでいいものか、宮地は悩み始めた。

いくつかのやり取りの後で、西陣支店の廃店に伴う顧客の扱い、どの支店に取引を移ってもらうかについては、京都支店長を中心に関連する支店で話し合うように諏訪から指示があった。山中は「分かりました」と頭を下げて部屋を出た。宮地は挨拶もせず、ムッとした顔で山中に続いた。二人の頭の中は、これから室町に吹き荒れる嵐への対応でいっぱいであった。

烏丸支店の支店長室で、宮地と山中は深刻な表情を浮かべながら向かい合っていた。常務の指示に従ってサラリーマンとして生き残る道を選ぶ気持ちは宮地にはなかった。ただ、自説を強調すれば山中は理解を示してくれるであろうが、巻き添えにしていいのかという気持ちが彼を躊躇させていた。黙ってにらみ合うような時間が流れた。

「私はどうなってもかまわないが、君はまだ若く先がある。常務は間違っていても、ここは雌伏の時じゃないか。君の力を銀行のためにも温存すべきだと思うよ。悔しいが常務に従わないか」

山中が口を開いた。自分のことを一番に考えてくれていることが分かった。それで宮地の気持ちが吹っ切れた。

「非力な私ですが、今頑張らないと意味がないと考えます。今まで私のやりたいようにやらせていただいてきました。これ以上ご迷惑をかけることはできません。私一人でも」

「一人で常務に対抗すると言うのか」

山中は驚かなかった。

「うぬぼれるのはいい加減にしろよ。一人で何ができるというのだ」

穏やかな物言いの山中がはじめて強い口調になった。

「部下を踏み台にするようなことはしないが、野心満々だった君が栄達の道を捨ててまで常務に逆らうのは本気か？」

腕組みをして宮地の真意を探るように見詰める。

「ニシキで聞いた話で考えが変わりました」

サラリーマンになった方がよっぽど楽だといいながら、貧しい生活の中で機を織って西陣織の技術を継承している職人の話を聞いて、栄達だけを考えている自分が恥ずかしくなったのだと説明した。仕事は自分のためだけではなく、世の中のためにするものだと気づいたのである。

「西木社長ね……三方よしの話をしていたな。男として人生をかけた仕事をするのは立派なことであるが、今回は身を捨ててもできるものではないかもしれないぞ。勝算のない賭けはしないと常々言っているが、あるのかね」

「ありませんが、ここを突破することで新しい何かを見つけることができるような気がしています」

「戦略家の君が……無策で挑もうというのか。まるで特攻隊だな」

山中は笑った。宮地は何かできそうに思った。

「分かった、一緒に常務に逆らってみよう。私はもうここまでで先はないと分かっているが、支店長のポストを目指している君は本当にいいんだな」

山中の言葉に勇気を得て「はい」と応えた。山中はこの烏丸支店長で四か店目の支店長で参事より上の参与という資格であるが、年齢的にもさらに上の役員は無理だと考えているのだろう。部下の意見をよく聞いて、人を育てていく、本来正統派の人物である彼が参与になったのも不思議なくらいである。今の役員を見ると、部下を踏みつけ、人をはねのけてきた人物ばかりであるからだ。

それから二人は対応策を話し合ったが妙案は考えられなかった。それで、これまでの方針通りに呉服などの伝統産業に融資を続けようと決めた。生き残りに努力しない企業には融資を止め、将来が見込める先には融資を続けることにしたのだ。

しかし実行してみると、支店長権限の融資はそれが可能であったが、審査部案件はことごとく否決された。宮地と山中は何度も本店に行き、審査部と掛け合わなければならなかった。しかし、「呉服屋への融資はまかりならない」という諏訪常務からの指示が審査部にまで及んでいて承認が取れなかった。

烏丸支店の努力にもかかわらず、室町筋では「烏丸支店が室町筋から撤退しようとしている」との噂が流れ始めた。そして西陣支店の廃店が発表されると室町から西陣にかけての一帯が騒然となった。まず西陣織工業組合の西端会長が、西陣支店長の佐々木に「織物業の衰退で街が寂しくなっているのに、ここで銀行さんが撤退したら西陣は消滅や」と廃店の取り止めを訴えた。

佐々木は「本部が決めたことで私にはどうすることも」と逃げた。そこで、西端は京都織物商工組合の理事長である京都装苑の大塚を頼った。大塚惣兵衛は烏丸支店が意図して呉服屋などへの融資を全て止めて、室町筋から撤退しようとしているわけではないことを知っているが、西端と二人で山中と宮地に「廃店と撤退」を止めるように申し入れた。

山中と宮地は逃げることなく対応策を話し合った。しかし、いくら話し合っても解決策は出なかった。大塚惣兵衛は山中と宮地の苦悩を感じた。そして、彼らはいくら誠実な人物であっても銀行側の人間であり、この件への対応に限界がある、彼らに頼るのではなく、ここは銀行の上層部に対応していくしかないと腹を括った。

数日後、大塚と西端は四つ葉銀行京都支店を訪ねた。京都支店は烏丸通と四条通が交わる南西の角にある。二人は、烏丸支店や西陣支店といった個別の支店の問題としてではなく、銀行そのものの問題だとして、執行役員の安井京都支店長に「廃店と室町筋からの撤退」を止めるよう申し入れた。

「西陣支店の廃店は銀行の総合戦略の一環でして、京都地区を預かる者としては困ったことですが、一支店長としてはどうにもならないのです」

渋面で話すが、逃げ口上だと大塚惣兵衛は感じていた。

「室町筋からの撤退というより、業況の悪い企業には銀行として融資をしにくい、不良債権にならないように厳しい審査をしようということで、個々の企業への判断までは私の口から何とも言えないのです」

烏丸支店の問題だと逃げた。メガバンクの執行役員でもこの程度かと大塚は呆れた。それで切り札を切った。「組合としての正式の申し入れです」と言って、

「西陣支店廃店を撤回して室町筋からの撤退を止めていただきたい。このことが受け入れられなければ、組合員各社は御行の府下全店との取引を止めさせていただきます」

府下全支店という言葉に安井は震え上がった。横に座る副支店長も目をむいている。

「うちらの組合の会社だけやおへんで。機械工業や化学会社なども同調してくれることになってますのや」

西端が続けてそう言った。織機や染色の関連でそれらの業界にも繋がりがあることを安井も理解できる。真っ青になって応えられないでいた。「どうですやろ」と大塚が急かす。

「その判断は私一人ではできません。担当常務に相談しますからしばらくお待ちいただけませんか」

「私らも四つ葉銀行さんと喧嘩しとうないんです。お願いしますわ」

頭を下げて大塚と西端は帰って行った。安井は焦るようにして諏訪常務のアポを取った。

「そんなことで脅されて私に相談だと、話にならん」

安井の訴えをにべもなく諏訪は退けた。

「銀行から金を借りている奴が、取引しないだと、できるわけないだろう」

それで安井は「二つの要求」を二つとも拒否した。

これらのことを宮地と山中は大塚惣兵衛と安井から聞いて、事態が悪い方に向かっているのに何もできないでいることにジリジリしていた。宮地は、平安銀行が動かないことに疑念を持った。大塚に訊いてみた。

「平安銀行は動き出しそうですか」

「いえ……まだなようです」

ためらったような言い方に疑念が膨らんだ。

「なぜ平安銀行が動かないのですか」

「よく分かりませんが、四つ葉銀行への非難で、室町筋からの撤退に腰が引けてるんじゃないでしょうか。私の読みが外れるかもしれません」

メガバンクの四つ葉銀行が室町筋から撤退して大問題になっても京都の一部の問題にすぎない。ところが、平安銀行は地元の銀行である、撤退しようと行動して起きる問題は四つ葉銀行どころではない。したがって、以前のように室町筋からの撤退を諦めようとしているのではないか。大塚はおそらくそこまで読んでいたのだろう。平安銀行が撤退に動けば四つ葉銀行で宮地に守ってもらい、平安銀行が動かず、四つ葉銀行だけが完全撤退となれば京都装苑の取引は平安銀行に戻せばいい。二重に安全網を張っているのだ。なかなかやる男だと思った。「そうですか」とだけ言って大塚との電話を切った。

四つ葉銀行が要求を拒否してしばらくすると、京都府下の各支店で取引の解消を申し出る企業が続発してきた。各支店は混乱し、支店長たちの悲鳴が営業推進四部に集中した。それで営業推進四部長が来阪してそのことを大阪駐在常務の諏訪に報告した。

「何だと！　各支店に取引解消の申し出が殺到しているだと……支店長の日頃の対応が悪いからではないのか」

諏訪には危機感がなく、つまらないことを言うなという顔をしている。

「一か店くらいならそうかもしれませんが、京都府下の全店ですから西陣と室町筋への対応に原因があると思われます」

「だとしたら、営業戦略を指揮している君の責任じゃないか」

責任は感じるが、村治太一郎の死去を絶好のタイミングとして、今回の計画を支店長たちと十分話し合うこともなくリードしたのは常務ではないかと部長は怒りを抑えている。

「責任逃れはいたしませんが、現状に手を打たなければなりません」

「どうすればいいのだ」

「西陣の廃店撤回はさすがにできませんが、室町筋からの撤退の方は撤回すると約束せざるを得ないのではないでしょうか」

「業況の悪い呉服屋への融資を続けるのが難しいだけの話として押し切れないのか」

「そんなごまかしみたいなことでは話にならない」とは言えず、呆れた顔で常務を見る。しばらく沈黙があった。

「じゃあ、そうするように京都支店長に伝えろ」

「私が、ですか」

「それが仕事だろう」

（八）　責任者

四つ葉銀行京都支店の広い支店長室で、京都織物商工組合の理事長の大塚と西陣織工業会の西端が支店長の安井と対峙していた。

「西陣支店の廃店は銀行の基本方針ですので撤回できませんが、室町筋とは従来通り融資を続けさせていただきたいと思います」

安井はそう言って、室町筋からの撤退なんて元々なかったのですと付け加えた。

「西陣……どうにかならへんですか」

西端が残念そうに食い下がる。大塚も同調した。

「申し訳ございません、こちらの方は……西陣のお客様は京都支店でも烏丸支店でも、ご都合のいい方へお移りいただければと思います」

いくつかやり取りがあり、大塚はこの辺りが落としどころと判断したようで、

「西端はん、よろしいか」

声を掛けた。「しょうおまへんな」不承不承であろうが応えた。

「分かりました、それでは手を打ちまひょ。ただ、そのことが担保できる保証みたいなものを見せてもらえますか」

これは息子の雅彦から授かった策である。各社の取引解消の動きに驚いて四つ葉銀行は妥協策として「室町筋からの撤退を止める」と言うだろうが、ほとぼりが冷めればまた撤退を画策し始める。そうならないように担保を取れとアドバイスがあったのだ。雅彦が考えている担保は、今回の一連の騒動の責任者の更迭であった。また同じことをすれば更迭されるかもしれないという抑止力を付けるためである。

「担保？　保証……銀行は約束を守りますよ」

安井支店長は戸惑った顔を見せる。

「我々が行動に出なければ、銀行は撤退を止めようとはしなかったやないです

か。言葉だけでは信用でけへんのです」

大塚は引き下がらない。安井は、具体的にどうすればいいのか訊いた。

「私の方から差し出がましいことは言えまへんが、例えば、今回の一連のことの責任者の更迭なんてこともありますわな。そうしてくれとは言うてまへんで」

「そうですか……」

安井の眉間にしわが寄っている。責任者と言われて諏訪常務の顔が浮かんだのだろう。しかし、騒動終息の担保として常務の更迭はさすがに約束できなかった。

「少し考えさせてください」

「よろしおますけど、保証がない限り、こちらも承諾でけしませんから」

大塚たちが帰って行くと、安井は諏訪のアポイントを取り大阪へ向かった。

目まぐるしく日々が過ぎようとしていた。今回の一連の騒動で、せっかく京都にいるのに宮地は紅葉を見て回る時間はなかった。室町筋からの撤退はしないという約束の担保として「責任者を更迭する」と京都支店長が通告してから、室町に静かな日々が戻っていた。誰を更迭するのかは近日中に公表されることになっていた。

十一月下旬の金曜日、支店長の山中が宮地と営業の三つの課を集めて営業会議を開いていた。そこへ山中に電話が入った。

「はい、エッ人事発令ですか。聞いていませんが」

部下の人事異動はあらかじめ支店長に打診があり、発令の一週間くらい前に確定した旨の連絡がある。今回はそれがなくいきなりのようだ。

「エッ……どうしてですか」

嫌な予感がする。山中が人事部と話すのを眺めながら宮地はそう感じていた。営業課のみんなも支店長を見詰めている。電話が終わると山中に連れられて支店長室に入った。

「宮地君転勤だよ。人事部付主任調査役だって。いきなりだし、何の仕事かも言わないんだ」

人事部付というのはポスト待ちか、どこかの企業に出向するまでの立場である。

「しばらく自宅待機だって。出向なんてあり得ないし、発令の趣旨が分からない」

戸惑いで宮地は声が出ない。

「後任は長岡天神支店長の黒岩君。明日から引継ぎを始めてくれとのことだった。支店長で出してやれず、申し訳ない」

山中が頭を下げる。転勤はかまわないとしても、宙ぶらりんな状態に置かれ、これからどういう仕事をするのか不明であるからやる気が出ない。

翌日黒岩と引継ぎを始めた時であった。京都織物商工組合の大塚がやってきた。

「宮地はん、こんなことになるやなんて……すんまへん」

何のことか分からず、支店長室へ招き入れる。山中もきた。

「今後室町筋からの撤退をしないという担保に責任者の更迭を求めていたんやけど、さっき京都支店長から通告がありましたんや。責任者の宮地はんを更迭したと」

「私が責任者？」

撤退に抗していたのが自分である。なのにどうして？　訳が分からなかった。

「昨日彼に発令があり、人事部付という無任所のポストになりました。意味が分からなかったけれど、そういうことだったのですね」

山中が悔しそうな顔をし、大塚は「すんまへん」とまた頭を下げた。

「宮地はんは室町筋を助けてくれた人やのに、何でこないなことになるんやろ」

大塚の言葉が通り過ぎていく。理不尽過ぎる。大塚が帰った後も引継ぎなどする気が起きない。一人にさせてくれと宮地は部屋に残った。

一連の騒ぎの責任を被せられたことに持っていきどころのない腹立たしさを覚える。諏訪常務に抗うことで左遷は覚悟していた。しかし、室町筋からの撤退に反対していた自分が撤退を進めようとした責任者として責めを負うのは納得がいかなかった。

はっきりしたことは、人事部付というのはポスト待ちではなく懲罰だということだ。自宅待機がずっと続いて飼い殺しにされるのか、あるいは、いつ倒産してもおかしくないとんでもない企業に出向させられるのか、そんな思いが去来する。

発令があってから、どのようなポストであれ銀行員としての役目をしっかり果たそうと考えていた。しかし、無実の罪で懲罰されるのは我慢ならないし、そういう活躍の場も与えられないのだろうと思うと絶望的になる。活路を見出すために考えを巡らせた。しかし、考える先に曙光があるのだろうか、それでも宮地は考え続けた。

山中は京都支店を訪ね安井に会っていた。

「宮地君の更迭がなぜ『撤退』をしない担保になるのでしょうか」

相手が役員であるが、山中は語気を強めた。安井は立ち上がって背を向けて言った。面と向かっては言いづらいのだろう。

「先方が責任者の更迭を言い出したので常務に相談したんだ。すると宮地君を更迭すればいいと指示されたんですよ」

「そんなバカな。宮地君は撤退を推進していないから責任者ではないでしょう。常務はなぜ彼を責任者と決めつけたのですか」

山中も立ち上がって、背中に言葉を投げた。

「今回の騒動の責任は彼にあるとおっしゃって」

「騒動の責任は常務でしょう。なぜそうおっしゃらなかったのです」

こちらを向いてきちんと応えてくれと言うのを飲み込んだ。

「私だって分かっている。でも外部からの圧力で常務を更迭させるわけにはいかんでしょう。それにそんなこと聞く人ではないでしょ」

向きを変えた安井の顔と言葉に、今回の人事への関心は感じられない。

他人事のような態度に怒りが込み上げてきて「京都地区の責任者であるあな

たが責任を取るべきでしょう」と言おうとしたが違う言葉になった。

「組織として責任を取るというのであれば、烏丸支店長の私でしょう」

上への追従しか考えていないのだろう、山中の言葉に唇を歪めた。京都支店から帰ると支店長室に入り人事部長に電話を入れて、京都地区の一連の動きを話し宮地に責任のないことを説明した。そして責任なら自分の方だとも話した。

「あなたの言う通りだ。諏訪常務から『騒動の責任を取らせる形でどこかへ出向させろ』と直接申し入れがありましてね。いきなりの話だったので営業推進四部長に確かめてみました。宮地君に責任があるようには思われなかったものだから、一応指示には従って人事部付として様子を見ることにしている」

人事部長が事情を正確に理解していることに山中はホッとして、支店長室から営業室の自席に戻った。山中の顔を見つけて下村たち三人の課長がやってきた。彼らも事情を知ったようだ。顔は不満と怒りに満ちている。

「宮地副支店長が責任を取らされるなんておかしくないですか」

下村が代表して文句を言った。山中は改めて宮地が部下から慕われていることとを知った。三人を連れてもう一度支店長室へ入って、人事部長とのやり取りを話した。納得はしないが、彼らの興奮は落ち着いてきた。そこへ引継ぎに出ていた宮地が黒岩と一緒に帰ってきた。「副支店長」と三人がすり寄った。

「心配してくれてありがとう。俺はもう大丈夫だから」

笑顔で宮地はそう言った。左遷だと思うから不愉快なのだ。自分のために仕事をするのではない。顧客のために働くのだ。それはどのポストにいてもできることだ。そんな説明を課長たちにした。部下から心配され、山中支店長から人事部長の話を聞いて宮地に元気が出た。


初冬の冷たい雨が降る中、引っ越しの荷物の搬出が終わった。宮地は管理人に挨拶して単身寮を出た。平日なので行員は彼だけであった。引継ぎや送別会は昨日までに終えている。京都は一年あまりと短い期間であったが、想い出はいっぱい詰まっている。

傘をさして、キャリーバッグを引きずりながら白い糸のような雨の道を歩いた。裾の長いコートが濡れないか気になる。烏丸支店の仲間は京都駅で見送ってくれることになっている。銀行員として今後京都にくることはないだろう、ふとそんなことを思うと寂しさに身体が震えた。

出町柳で降りて京阪電車に乗り換えようとすると、改札の外に大塚雅彦とあおいがいた。

「京都駅よりここで見送る方がいいと思って」

白い息に雅彦の言葉が紛れている。まさか見送りにきてくれるとは、それも夫婦で、宮地はどう応えていいのか分からない。

「私が余分なことを言うたから……迷惑を掛けてしまいました」

「結果室町を守れました。ビジネスは結果ですよ。気にしないでください」

どんな方法を取ってでも目的を果たせばいいとは考えていない。目的を果たすプロセスが大事だと宮地は考えている。しかし、大塚の気持ちを慮ってそう言ったのだ。

「それと……」

「いや、それ以上は言わないでください。分かっています」

宮地の白い言葉が大塚の言葉をさえぎった。あおいが妻であることを言わなかったのを詫びようとしているのだと思ってそう言った。かつて妻のことが好きだった男が、今も親しくしていることへの嫉妬の気持ちから言い出しにくかったのだろうと最近気付いた。あおいもそのことを感じているはずだから、宮地としてはいいかっこうをしたかったのだ。

雨が強まっていた。宮地は川の方に目を向けた。鴨川デルタが直ぐそこにあって、目の前にあおいがいる。この場所でまた別れとなるのか。

「さようなら……」

あおいはそれだけを言った。彼女の言葉が白く消えていった。

エピローグ

十二月に入って、四つ葉銀行の本店は来年度の役員人事の調整が始まってい
た。

「川田造船に行ってもらえるかね」

本田頭取に呼ばれ、そう告げられた諏訪常務は凍り付いた。来期の続投だけでなく、さらに専務への昇格も目指していたから、まさか外に出されるなんて……思考停止状態になっている。

「副社長として管理部門を統括してもらいたいのだ。川田グループの基幹企業だからいいポストだろう」

なぜ辞任して外部の企業に出されるのか、諏訪は訊けなかった。本田頭取も話さない。本田の下には諏訪の好ましくない情報がたくさん入っている。去年

は、責任のない執行役員の大阪支店長を部下の前で叱責している。

今年は、室町筋からの撤退騒動を一介の副支店長のせいにしている。そのことより、村治太一郎氏の死去を好機と見て相談もなく室町筋から撤退を図ろうとしたことが許せないのだ。村治氏には若い頃から世話になり、何度も助けてもらっている。だから京都に行けば必ず顔を出し、この前の葬儀だって多忙なスケジュールを調整して列席したのだ。

衰退している伝統産業とのつき合い方は難しいが、それなりの配慮がいる。村治氏が亡くなったとはいえ古い体質の街だ、大っぴらに「撤退」なんか画策すれば私の顔が潰れる。彼はそこのところが分かっていない。

本田は怒っていた。しかし、怒って彼に反省させたところで自分に何のメリットもない。トップとしての品位を考えて、にこやかな顔で諏訪を切った。今回の京都の騒動で理不尽にも責任を被せられた副支店長がどうなったかは興味がなかった。

自宅待機が続いている宮地は、冬休みに入っている大学生の娘と妻の三人で正月に向けての買い出しのためにショッピングセンターにきていた。入口横の広場では年末大売出しの抽選会が行われている。五千円の買い物で一回「ガラガラ」を回せるらしい。

「私、運が強いからやらせて。一等のハワイ旅行当ててみせるから」

「よし菜月にまかせた」

「あなたに似て、この子も強気ね」

妻の美代子が笑う。抽選会場には歌謡曲が流れていた。「好きよあなた……暦はもう少しで今年も終わりですね……」よく聞く唄である。

「そうか、今年も終わりか……今日は？」

「二十一日よ」

弾むような声で菜月が応える。

「二十一日か……終い弘法だな」

「しまいこうぼう？　それって何なの」

弘法大師の命日に立つ東寺の縁日で、年の最後に立つ縁日をそう呼ぶのだと話してから、宮地は京都での日々を思い出してしみじみとした気持ちになった。

「お父さんが京都にいる間に行けばよかった」

あと一年いれば、家族を呼ぶ余裕もあっただろうと宮地も思った。その時スマホが鳴った。人事部長からであった。人事発令だと緊張する。今年最後の人事異動か。

「明日十時に人事部にきてもらえるかな」

やはり人事発令に違いない。分かりましたと答えた。

「お父さん、誰から」

「人事部長だよ」

「やっと次のポストが決まるんだね」

うれしそうに菜月が見上げる。支店長ポストはあり得ないと思う。どのポストであれ、銀行員としての職務にまい進するだけだと考えている。外部に出されても同じことだ。仕事をしていく上で大事なことは「相手のため」であって、そのためには度胸と覚悟が必要だと思っている。ふと西木社長の「三方よし」の言葉を思い出した。

「そうだね、やっとだよ」

そう言って、娘と妻に微笑んだ。

終り

著者プロフィール
森定 学（もりさだ まなぶ）
1946年２月大阪府に生まれる
大阪市立大学（現 大阪公立大学）経済学部卒
第一勧業銀行（現 みずほ銀行）他勤務
奈良市在住
著書に『近江　春夏秋冬—心の紀行』（文芸社　2011年）、『千田町物語』（文芸社　2018年）、『黄昏のビギニング』（文芸社　2018年）、『五色の辻』（文芸社　2021年）がある。

出町柳《でまちやなぎ》

2025年１月15日　初版第１刷発行

著　者　森定 学
発行者　瓜谷 綱延
発行所　株式会社文芸社
〒160-0022　東京都新宿区新宿1－10－1
電話　03-5369-3060（代表）
03-5369-2299（販売）

印　刷　株式会社文芸社
製本所　株式会社MOTOMURA

ISBN978-4-286-25955-0　　JASRAC　出2407372－401